Good wood
グッドウッド
illustration◊
kodamazon
異世界で魔族に襲われても
isekai de mazoku ni osowaretemo hokenkin ga orirundesuka!?
保険金が下りるんですか!?

Life Insurance

ぶっ飛ばす!!!!!!

異世界生命保険相互会社

代表取締役社長　霜月冬那

nother World

Mutual

悲しさも貧しさも

ヴィンジア市で創業した当時、帝国には「保険」という概念は存在していませんでした。自衛団による魔族討伐が活発なこの国においては、常に多くの危険が日常に潜んでいるにもかかわらず、万一の備えが存在しないことは、私達にとって衝撃であるとともに、この社会に貢献しなければならないという強い使命感を覚えるきっかけとなりました。

帝国の長い歴史の中で存在しなかった「保険」という概念を新たに持ち込んで取り組むこの事業は、言うなれば魔王に挑戦するかのような無謀な挑戦でした。保険営業の経験を持つルンと回復魔法を得意とするセリアル、そして莫大な資産によって弊社の事業を後押しするクロアという頼れる仲間とともに、この世界に蔓延る悲しさや貧しさといった困難から、人々の暮らしと夢を守るという信念のもとに、この挑戦を始めました。

弊社は創業からまだまもなく、また保険という仕組みへの理解もまだまだ帝国社会には浸透していません。しかしだからこそ、この保険という新たな仕組みによって、この社会をより良いものに変えていくことができると確信しています。

私達異世界生命保険相互会社は、保険を通じてお客様に寄り添い、生涯に亘って支えていくことをお約束します。

Company of

ゴブリンのクロア氏は、
ルンとトーナを見るなり声を弾ませた。
まるで待ちわびたとばかりの反応に、
ルンは手応えを覚えつつも困惑する
日《ひ》笠《がさ》月《るん》
霜《しも》月《つき》冬《とう》那《な》

金持ちゴブリンに融資の相談を！
クロア
マナリア
「君達の噂は聞いているよ。
異国から来て、ホケンとかいうものを
売りたがっている自衛団の二人組だとな」

「私ども異世界生命保険相互会社は、
保険を通じてお客様に寄り添い、
生涯に亘って支えていくことをお約束します」
クラウ

Informatio de morti
Mons
50 milliones
自衛団事務所でホケンの説明会！

CONTENTS

isekai de mazoku ni osowaretemo hokenkin ga orirundesuka!?

異世界で魔族に襲われても保険金が下りるんですか!?

isekai de mazoku ni osowaretemo hokenkin ga orirundesuka!?

Good wood

グッドウッド

illustration◊

kodamazon

プロローグ

穏やかな陽射《ひざ》しの昼下がり。白の縦縞《たてじま》を織り込んだネイビーブルーのスーツに赤のネクタイを締めた男と、臙脂《えんじ》色のブレザーにスカート姿の少女が、二人並んで石畳の通りを進んでいく。向かいから馬車が走ってくると、二人して道の端に寄り、無地の白シャツにトラウザーズを着た顔見知りの御者が親しげな笑みで手を振って、通り過ぎていく。

二人が訪れたのは、街の南東にある住宅街だ。通りを挟んで行儀良く並び立つ石造りの家は、どれも白く外壁を塗装して、屋根は赤茶色のレンガを敷き詰めている。どの家も庭はなくて、気味が悪いほど規則正しい光景が続く。退屈な景観を少しでも華やかにするためか、通りの脇には草花が植えられていて、薄紫の花を咲かせていた。

「ヒースのお守りはあたしに任せてくれて良いよ。今日はカイリと一緒に、シン・勇者の冒険第三巻を読み聞かせるから、ルンさんはその間に話を済ませちゃって」

隣を歩く少女が得意顔で言って、脇に抱える絵本を見せる。二つ結びにショートボブの黒髪の上に乗った白い体毛の小動物も、飼い主の得意顔を真似《まね》る。額に宝石のような石を飾りつけたリスのような動物で、これが妙に賢い。

「この辺の子供、みんなトーナちゃんの話が好きだよね」

「そりゃそうだよ。街の子供みんなファンだからね！」

勇者が魔王と戦うおとぎ話に滅茶苦茶《めちゃくちゃ》な脚色を加え、それを大仰な身振り手振りで演じて見せる。半ば趣味のような活動だが、おかげで大事な話を滞りなく進めることができる。

二人は目的地の家の前までやってきて、木製のドアをノックする。ドアを開けた灰色の髪の女性に、男は会釈《えしゃく》ほどの一礼をした。

「あ、ルンさん」

「おはようございます、奥さん。先日ご相談いただいた件で、お話が」

「あ、トーナだ！」

用向きを告げたところで、家の奥から子供が走ってくる。父親譲りの赤毛と、母親譲りの柔和な顔立ちの少年だ。

「おはようヒース。こないだの続き、読んであげに来たよ！」

「ほんとに？　カイリも一緒？」

「もちろん！　あたしが魔王役で、カイリが勇者役！」

肩に降りてきたカイリが、グッと背伸びをして見せる。「お邪魔しまーす！」と少女が駆け込んで、少年と一緒に二階へ上がっていくと、夫人はそれを咎《とが》めるでもなく見送り、ルンをリビングへ通した。

「商人ギルドで聞きましたけど、ご主人の仕事を引き継がれるんですって？」

ソファに座ってそう訊《き》くと、向かいに座った夫人が「えぇ」と続ける。

「元々私も同業ですし、ヒースを産むまでは一緒にやってましたから」

元々三人で住んでいたこの家には、三週間前から夫人とヒースの二人しか暮らしていない。大黒柱だった彼女の夫は採掘師で、街の外で魔法石を掘り出しては魔導士に売って生計を立てていたが、先日の採掘の折、魔族に襲われて命を落としたのだった。

「奥さんが復帰してくれるんだったら、うちもカイリに食べさせる魔法石の仕入れ先を変えずに済みますよ。この街で魔法石を売ってくれる人って、あまり多くないから困ってたんです」

「まぁ、危険が伴うお仕事ですからね。私も魔族に襲われたことなら、何度かありますし」

夫人は苦笑しつつそう言って、

「それで、審査結果は？」

そわそわしつつ本題を切り出した夫人に応じるように、カバンをテーブルに置いて、錠を外して開いた。

「お時間をいただいて申し訳ありませんでした。審査の結果ですが、ご主人の死亡は保険の支払事由に該当すると判断しました。よって、保険金の一億バルク、満額お支払いします。ご査収ください」

一万バルクの紙幣を一〇〇枚で一束にして、それが一〇〇。この街の中間層の人間が、一生で見ることなどまずない大金だ。相対した夫人も、やや気圧《けお》されている。

「このお金なんですが、もし良ければこちらで銀行に預けておきましょうか？　奥さんの必要な時に、必要な分だけ引き出してもらうこともできますし、口座もご主人が開設したものがありますから、そちらに振り込んでおきますよ。クロアさんから借りている三〇〇万バルクも、こちらで返済手続きをしておきますし」

「それでお願いします。ルンさん達に預かってもらえるなら、安心だし」

健全な反応に安心していると、夫人はカバンの方に目を向け、首を傾《かし》げた。

「悲しさも貧しさもぶっ飛ばす……？」

「え？」

不意に夫人が口にした言葉に、カバンの中を覗《のぞ》く。裏面に書かれている文字を、夫人が読み上げたのだ。

「あぁ、これうちの企業理念なんですよ。トーナちゃんが書いたんですかね」

二階から一人息子の笑い声と、役に入り込んだトーナの熱演が聞こえてくる。本来なら手に汗握る冒険譚《たん》だというのに、一体どんな脚色を加えたら、あんなに子供が爆笑するのやら。

「そうだったんですか。何か、かっこいいですね」

夫人も二階で繰り広げられる演劇が気になるのか、天井を見上げながら静かに笑う。

家族を亡《な》くして悲しみに暮れる人の生活や夢を、これから訪れる貧しさから守ることができる。新しい人生を歩み始めるその背中を、押してあげることができる。それが、この企業理念が示す彼らの使命だ。それを果たすことができることが、二人にとっては何よりも大切で、誇らしかった。

この保険金で、夫人は夫が事業で遺《のこ》した借金を完済して、この家を手放さずに済む。来年から学校に通う一人息子のヒースの学費も、十分に賄うことができる。亡《な》くなった主人は息子に高等教育を受けさせてやりたいとよく言っていたが、それも叶《かな》うはずだ。

「本当にありがとう、ルンさん」

安堵《あんど》した夫人が述べた謝辞に、いつもの言葉を添えて、それに応じた。

「私ども異世界生命保険相互会社《いせかいせいめいほけんそうごがいしゃ》は、保険を通じてお客様に寄り添い、生涯に亘《わた》って支えていくことをお約束します。また何かありましたら、何でも相談してください」

第一章　自殺は他殺より神を困らせる

1

「えーっと……日笠月《ひがさるん》？　変わった名前だなぁ」

目を開けると、目の前に男が座っていた。黒いジャージを着た、これといった特徴のない顔に、短く整えた黒い髪。人畜無害と無個性という単語を掛け合わせて擬人化したかのような男だ。

「え……誰？」

男に問いかけるが、無視される。

「へぇ〜、結構良《い》い大学出てるんだ。で、有名な会社で働いてて、役員にも気に入られてて、昇格試験も合格してて、それで電車に頭ぶつけて自殺、と……」

男の手元には、線が何十行も横に引かれた紙が五枚。それを見下ろしながら、男は独り言を続ける。

「傍《はた》から見たら、そう悪い人生でもなさそうなのにねぇ。何で自殺したの、お前？」

ようやく関心を向けてきた男は、笑顔を張りつけていたが、内心で相当苛立《いらだ》っているのは、その笑みのぎこちなさから伝わってきた。

「借金まみれだとか病気で苦しいとかならまだ分かるよ。それでも困るは困るんだけど。でもお前、これ普通に幸せになれる人生じゃん。何でそれ捨てて電車に頭突っ込んだの？　教えてくれよ、おい」

ねちねちとした男の追及に数秒思案し、そして答える。

「……勢いですかね？」

「勢いに頼る場面じゃねぇじゃん！　何してくれてんの⁉　お前みたいなののせいで監査引っ掛かったんだからな。反省しろやボケナス！」

さっきまでの不気味なほどの無個性が消えて、勢い全開で怒鳴られる。

「ちょっと、意味が分かんないから。ちゃんと説明して」

怒鳴られるのには慣れているだけに、自分でも驚くくらいに冷静だ。男はそんな態度にため息を吐いたかと思うと、線を引かれた紙をテーブルに放って、呆《あき》れたような調子で答える。

「お前、死んだんだよ。電車に頭突っ込んでな」

「はあ……は？」

何かの冗談だろう。それなら今の自分は何なのか。問《と》い質《ただ》してやりたい気持ちを汲《く》み取《と》ったのか、男は指を打ち鳴らした。

男との間を隔てる真っ白なテーブル。そこに映像が映し出され、スピーカーもないのに音声が流れてくる。

『──いや～、でもこの案件、結構な長丁場になりそうですよね。これから先が思いやられますよ』

『ほんとな。いつまでこんなこと続ければ良いんだろうな』

「え、俺？」

映像の被写体に、奇妙な既視感を覚える。ストライプの入った紺色のジャケットに、悪目立ちする赤のネクタイ。それに周りより頭一つ高い長身にスラっとした体形。そして保険会社の総合職らしからぬと苦言を呈された、耳を隠すツイストパーマの黒髪。それを見上げるこの視点の声の主は、間違いなく同じ部署の後輩だ。

「これ後輩の視点だから、ルンさん」

男が冷やかすように補足した、その時だった。

『──まもなく、六番線に、電車が参ります。危ないですから、黄色い線の内側までお下がりください』

『あれ、ルンさん？』

ホームにアナウンスが流れると、眠たげな顔をした自分がふらりと前へ出る。ホームドアに手をかけて身を乗り出した、次の瞬間──

『えっ、ちょ……うわあああああああ！　る、ルンさん⁉　ああああああああ！』

ホームに進入した電車の警笛に、弾《はじ》き飛《と》ばされる自分。そして、断末魔のような悲鳴を上げる後輩。

全てを思い出すには、十分だった。

自殺したのだ。営業支援システムの刷新プロジェクト。その初顔合わせで本社に赴いたその帰りでのことだった。

「思い出したみたいだな。全く、迷惑かけてくれたよ」

男はわざとらしくため息を吐いて、頭を掻《か》いた。

「俺が死んでるんだったら、あんたは何なんだよ？」

既に死んでいるなら、ここは死後の世界ということ。となると、天使か、悪魔だろうか。

「お前らの言葉で言うところの神だな」

「神って暇なの？」

「暇じゃねぇわ殺すぞ」

「いやもう死んでるから」

「じゃあ地獄に落とすぞ！」

神様らしい脅迫に、押し黙る。

「今回俺が出てきてるのは特別だ。じゃなきゃお前らなんていちいち相手にしない」

人口八〇億、世界中で戦争と犯罪と病気と事故で命が失われる時代だ。神様が全知全能でも、毎回死者と面談なんてできやしないだろう。

となると、気になるのはその理由だ。神様を名乗る男も、それが本題らしく、促すまでもなく切り出した。

「実はな、俺らにも監査ってやつはあるんだよ。で、お前らの住んでる世界がその監査に引っ掛かっちまった」

「へぇ、何で？」

「要約すると、『この世界自殺する奴《やつ》のせいで魂の循環効率が悪いから改善しろ』とのことだ」

何となく、言いたいことは分からないでもない。

「寿命まで生きずに自分で死ぬから、ってこと？」

「そう。お前ら的には『転生』とかいうんだっけ？　あれ自殺した奴《やつ》にやると、そいつの残りの寿命分が会計上損失扱いになるんだわ」

「あぁ～。減価償却しきる前に備品壊して買い替えなきゃいけなくなった、みたいな感じ？」

昇格試験のために簿記の勉強をしていただけに、何とか理解することができた。固定資産の簿記での扱いは、取得原価を耐用年数で割って、一年ごとに減価償却を行っていく。その途中で廃棄なり売却なりすれば、価額によっては固定資産除却損や固定資産売却損として、会計上は処理される。どういう理屈かはさておき、神にとっては生命も同じような扱いなのだろう。

「さすが簿記の資格持ってるだけあるわ。お前理解早いな！」

「いやぁ、それほどでも」

「じゃあお前がやったことが俺にとってどんだけ迷惑かも分かるよな？」

寿命まで生きることで減価償却しきるのだとしたら、人間一人のコストが取得原価であり、寿命が耐用年数だろう。寿命より先に死ぬとなれば、残っている分が全て損失になるのだから、残りの寿命が五〇年とすると、相当な損失となることは想像に難《かた》くない。

「……で、その罪を背負って地獄に行けってこと？」

「いや、残りの寿命分生きてもらう」

投げやり気味に訊《き》いてみると、神は首を振った。

「もちろん葬式も済んでお前の身体《からだ》は骨壺《こつつぼ》に入っちゃったわけで、元の世界に戻すことはできない。だから、他の世界に送ってやる。そこで残りの人生可能な限り生きろ」

「おー、異世界転生じゃん！　いや、この場合は転移？　まぁどっちでも良《い》いや！」

ライトノベルのお約束展開に、テンションが上がる。あの手の小説は後輩から話を聞くばかりで敬遠していたが、実際にその立場に置かれると興奮する。

「死んだ人間を他の世界に送るのは初めてだから、お前らは実験体ってところだな。上手《うま》く回れば今後も継続するし、できないようなら別の方法を考える。後進のことを考えるんだったら、真面目にやれよ」

「オッケーオッケー！　で、何かすごいチート特典とかもらえるの？」

「あぁ……」

神は訳知り顔で、

「ほんとお前らってそういうの好きなんだな。学会で教授が発表した時はふざけてんのかと思ったけど」

「え？」

「まぁ、あるといえばあるよ。お前の人格とか魂とかを、送る先の世界に適合させないといけないから色々といじるんだけど、その時に特殊な力が身につくらしい。やろうと思えば、こっちから逆算して、狙った能力がつくようにいじることだってできる」

「おー！　良《い》いじゃん、夢あるじゃん！」

どんな能力を与えてもらえるのか楽しみなところへ、神様が水を差す。

「でもお前もう大人だし、言語能力と倫理制限の解除くらいで良《い》いだろ。後は自分で何とかしろ」

「ちょっと!?　何かくれても良いだろ！　どんな敵でも無条件でテイムできるようになるとか魔法全部使えるようになるとか、色々あるじゃん」

「やんねぇわ！　そもそもな、他人からもらった力で生きていこうとか、恥ずかしいと思わねぇの？　お前もういい年した大人だろ？　だったらもっと地に足つけて自分と向き合えや！」

夢を壊された上に説教までされてしまった。生前はチート特典なんて馬鹿にしていたのに、まるでありがたがっていたかのように思われたままは悔しいし、異世界に行くなら何かしら特典はほしい。

ルンは思案の末に妙案を思いつき、疑問を投げかける。

「あのさ、俺が行く世界って十進数使ってるの？　一年は何日で、一日は何時間？　酸素はある？　水は？」

「何だよいきなり」

「異世界の環境に馴染《なじ》めないと、上手《うま》く生きていけないだろ。だから能力アップして！　せめてステータスくらいは上げてもらおう。そんな企《たくら》みを看破したかのように、神はつまらない答えを返した。

「心配しなくても、その辺はお前らの世界と同じだから」

「え？」

「お前、プログラミングやってたんだっけ？　じゃあ分かりやすく例えてやるよ。言語だの度量衡だの公転周期だのは、世界作るための共通のフレームワークとライブラリがあるんだよ。俺は基本的にそういうの使ってるから、お前らの世界とは大差ない。行く先の世界の生き物はみんな、酸素吸って水飲んで暮らしてるよ。まぁ、向こうには魔法だの竜だのあるから、そこは大分違うかもしれないけどな」

夢のないことをまた言われてしまったと落胆しつつ、神の言い分も理解できてしまうのは、職業病だろうか。データベースとのやり取りだとかファイルの読み書きだとか、そういうプログラムは自作せずにライブラリを追加するだけで済ませるし、実装の大枠をフレームワークに頼るのもシステム開発では定石だ。

とはいえ、世界を一つ作るという壮大な作業でも同じようなことをしているのは、何となく白けてしまった。

「神って意外としょうもないんだなぁ……」

「お前さっきから失礼なんだよ！　もう良《い》いわ、これ以上お前と喋《しゃべ》りたくない」

すっかり機嫌を損ねた神は、そう吐き捨てて、

「とにかく、次自殺したらマジで地獄行きだからな。精々頑張って減価償却しろや」

そんな脅迫紛《まが》いの激励を贈って、また指を鳴らした。

2

瞬《まばた》きした次の瞬間、ルンの目の前に神の姿はなく、静かな部屋は跡形もなく消えていた。

代わりにそこにあったのは、レンガ造りの家だった。地面には灰色の石畳が敷き詰められていて、それが左右にまっすぐに続いて道を作っている。その道を行き交う人々は一様に、変な

ものを見るかのような目でルンを見てから、間合いを取って小走りにすれ違っていく。

「図書館の本で見た格好だ……」

たった今、ひそひそと言葉を交わしながら目の前を通っていった中年の夫婦の身なりに、ルンはそんな感想を漏らした。ひげを生やしたハゲ頭の男は白のシャツにベージュのトラウザーズ、小太りの夫人の方は赤い綿平織りのジャケットに幅の広い白のペチコート。革命期のフランス庶民のそれとよく似たファッションだ。

そんな彼らに社畜ファッションが理解できないのも無理はない。白ストライプの入ったネイビーブルーのスーツに赤のネクタイ、それに黒の革靴。男の方に至っては、ツイストパーマをかけた黒髪が物珍しいからか、目が釘《くぎ》づけだった。

空を見上げると、東京よりも随分と高く感じる。仕事を理由に久しく帰らなかった故郷を思い出していると、空を仰ぐ眼前を胴長の影が通り過ぎた。

「え、ドラゴン⁉」

現実に引き戻されて、思わず声を上げてしまう。ゴツゴツとした青い肌に、長い手足。背中の羽をはためかせて、太陽の方角へ向かって去っていくのは、ファンタジー系の漫画やゲームで見たことのある竜そのものだった。

「何あの人？　アオゾラトカゲであんなに騒いで、変なの」

ふと、声が聞こえてきた。意味の分からない外国語で聞こえたそれは、日本語として頭に流

れ込んできて、ルンにも理解することができた。

声の方へ向き直ると、子供が三人、サンタのように白い髭《ひげ》を蓄えた老人を囲んで、訝《いぶか》しげな様子でルンの方を見ていた。

「異国のもんかの。まぁ、変な輩《やから》には構わんことじゃ。それよりほれ、こいつを直してほしいんじゃろ？」

雲のような太くて白い眉を垂れさせた老人は、そう言って関心を自分に戻させると、

「大地の精霊、月の女神、太陽の母。温かく尊きその眼《め》で、かの災厄を慰めたまえ……っと！」

右手に持った小瓶の上で、左手を撫《な》でるように動かす。割れてしまった小瓶は、老人の言葉に反応したようにプルプルと震え、そして破片を吸い寄せて形を取り戻していく。

「うわぁ！　直った！」

「ありがとうじいちゃん！　お礼にパンあげる！」

「構わん構わん。そりゃお前《まえ》さん達で食べんさい。こんなもん朝飯前じゃて」

得意満面の老人に、感動しっぱなしの子供達。ルンも目の前で見せつけられた神秘に、息を呑んだ。

何世紀も前の服装に聞き慣れない言語、それを難なく理解できる自分、そして空を羽ばたく竜に、魔法を操る老人。

「ガチで異世界だ……何か変な感じだなぁ」

知らない世界に突如飛ばされた事実を受け入れて、伸びとともに深呼吸する。空気にはほんのりと土の匂いが紛れ込んでいる。東京ではあまり嗅ぐ機会のない匂いに懐《なつ》かしさを覚え、ため息を漏らす。

「さて、どうするか……」

老人と子供達が去っていくと、何となしに石畳の道を歩き出しながら、今後のことを考えてみる。異世界での生活という非現実的な現実。神様から何かしらの忖度《そんたく》をしてもらっているわけでもない。

これからどうすべきかと考え、ひとまずお決まりの流れを期待してみる。

「ステータス・オープン！」

生前なら恥ずかしすぎて死んでもやらないだろうが、ここは一度死んだ後の異世界。恐《こわ》いものなどありはしない。

というわけで、この手の小説にありがちと後輩から聞いたことのある、ステータスを可視化する能力を与えられているか試してみた。ビシッと右手を突き出して叫んでみると、ゲームのようなステータス画面が出る、ということもなく、そんな様を小馬鹿にするように鳥が囀《さえず》った。

通りをすれ違う現地の人々からは、突然わけの分からないことを叫んだせいで余計に気味悪がられ、ひそひそと話しながら小走りで離れられてしまう。

「ダメだ、やっぱ恥ずかしいわ」

時間差で訪れた羞恥心に赤面しつつ、足早に通りを進む。

「——あ？　何だこのガキ？」

ふと、聞こえてきた荒っぽい声に、ルンは立ち止まる。

人の行き交う通りから、枝のように伸びた裏路地。日陰に覆われた薄暗い路地の奥で、男が三人背を向けて、何やら物々しい声色で凄《すご》んでいる。

「そいつは俺らが見つけたんだ。大人しくこっちに寄越せや」

「何でこの子がほしいの？　あんた達、こんなかわいい動物飼うような人間に見えないけど」

「カーバンクルは魔導士どもに高く売れるんだよ。それとも何か？　嬢ちゃんも一緒に娼館《しょうかん》にでも売り飛ばしてほしいのか？」

「そりゃあ良《い》いや。カシラもきっと喜ぶぜ」

路地裏に潜む悪意と、それに対峙《たいじ》するか弱い少女。ルンは聞こえてきたやり取りで、三対一のこの構図を理解した。薄汚れたシャツとトラウザーズ姿の男達は、腰に短剣を差していて、その身なりは街の自警団を名乗るには清潔感に欠けるし、卑《いや》しい語調も露骨にカタギのそれではない。

「おいこらぁ！」

路地に入っていき、声を張る。生前ならもっと穏便に済ませようとするところだが、ここに日本の刑法は存在しない。それに、不思議と叫ぶことに抵抗はなかった。

「あぁ？　何だ、てめ――」

振り返った男はルンを睨《にら》み、腰の短剣に手をかけた次の瞬間、横薙《な》ぎの蹴りが脇腹に叩《たた》き込まれた。

「ふべっ！」

「え……」

薄黄色の壁に顔面を叩《たた》きつけ、地面に滑り落ちる男。下手人は振り抜いた右足を下ろし、そして再び躍動する。

「このガキ、舐《な》めやがって！」

三人組の一人が短剣を抜く。しかし刃を振るより早く、獲物だった相手の方が得物を抜き、そして男のこめかみを横から殴りつけた。

「ぶふっ⁉」

鈍い音が響いて、側頭部を殴られた男が力なく崩れる。獲物だった人物――短く結んだショートボブの黒髪を靡《なび》かせる少女は、スマートな外観の拳銃を手にしている。

「死ねやおらぁ！」

残された一人が、短剣を握り締めて少女に突っ込んでいく。腹を狙った刺突。少女は横薙《な》ぎの蹴りで刃をへし折り、怯《ひる》んで立ち止まった男の胸元へ大きく踏み込んで、掌底を腹に叩《たた》き込み、弾《はじ》き飛《と》ばす。

「すご……」

圧巻の立ち回りに、唖然《あぜん》とするばかりのルン。と、少女は男のもとへ歩いていき、手にした拳銃を向けて、引き金を引こうとした。

「ちょ、ちょっと待って！」

「あ？」

咄嗟《とつさ》に呼び止めたルンに、少女が不機嫌な顔を向けてくる。そこでようやく、ルンは少女の異質さに気づいた。

拳銃は自動式で、質感からしてポリマーフレーム。ここまで見てきた限り、この世界にそんなものが存在しているとは考えられない。

それに少女の姿には、どこか見慣れた感があった。臙脂《えんじ》色のブレザーに、白のシャツ。膝ほどの丈のスカートに、黒のローファー。ここまですれ違ってきたこの世界の住人が着る衣類とは、明らかに質感が違っていて、まるで現代日本の女子高生だ。

「あれ？　おじさん、ひょっとして……」

少女もルンの姿に、違和感を覚えたようだった。丸い瞳から漏れ出ていた敵意がスッと引いていくと、目を輝かせて駆け寄ってきた。

「ねぇねぇ、おじさんも異世界転移した人？」

「あ、はい」

「やっぱり！　そっかぁ。もう一人転移した人がいるって聞いてたけど、こんなに早く会えるとは思わなかったよ〜！」

さっきのアクションスター顔負けの大立ち回りから一転して、少女は年齢相応にはしゃぐ。

「じゃあ、君も転移してきたの？」

「そう！　霜月冬那《しもつきとうな》、一六歳。おじさんは？」

大きな黒い瞳を輝かせる少女に、ルンは気圧《けお》されつつ答える。

「日笠月《ひがさるん》。三〇歳……」

「ルン？　ステキな名前！」

満面の笑みで言われて、思わず笑みがこぼれる。結構なキラキラネームの自覚があるだけに、現代っ子に受け入れられるのは割と嬉《うれ》しい。

「えっと、霜月《しもつき》さんはここで何してたの？」

訊《き》きたいことは他にも色々とあるが、まずは手近な疑問から投げかけた。

「自衛団《じえいだん》の事務所に行く途中だったんだけど、こいつらがこの子を捕まえようとしてたから、やっつけた」

少女はそう言って、スカートポケットの方へ目をやる。それを合図にちょこんと顔を出したのは、白い毛に覆われたふわふわの小動物だ。背中には薄水色の縞《しま》が三本浮かんでいる。黒くて大きな瞳と長く尖《とが》った耳から、リスだろうかと思ったが、額に嵌《は》め込んでいる白い石からして、生前世界にいた動物ではなさそうだ。少女が手を差し出すとその上に飛び乗って、丸みを帯びた長い胴と、三本の細長い尻尾が姿を現した。

「ルンさんは？　どこか行こうとしてたとか？」

一体何という生き物なのだろうと、肩まで駆け登った小動物を見つつ訝《いぶか》っているところに、いきなりの名前呼び。面食らいつつも、ルンはそれに応じた。

「どこにも。さっき来たばっかで、道を歩いてたらこいつらの声が聞こえて、助けなきゃと思って」

「へぇ～、ルンさんは心がイケメンだね！」

そういう褒められ方はまんざらでもない。

「その、何だっけ……ジエイダン？　の事務所って、ここから近いの？」

「うん。表の通りに出て、少し歩いたところにあるんだって」

少女はそう言って、ルンが歩いていた通りの方を指差した。

「そうだ！　ルンさんも一緒に自衛団《じえいだん》に入らない？」

消防団みたいなものだろうか。少なくともこんな少女が入りたいと思う辺り、異世界ならではの何かで、この街に住む以上入団必須というものではないのだろう。

彼女と同じくらいの年齢の頃なら、勢いに任せて「入りたい！」と思うところだが、さすがに体力的についていける自信がない。

「俺は良《い》いや。やれる自信ないし」

「え～……でも、一応見学だけでもどう？　あたしも一人で行くのは何となく心細いし」

そりゃあ、異世界で異世界らしい場所に行くのだから、さしもの陽キャ女子高生でも不安はあるだろう。

それに、この世界のことを知るには、現地人に話を聞くのが一番だ。事務所に行けば、それも叶《かな》うことだろう。

「良《い》いよ。霜月《しもつき》さんと一緒に行く」

ルンがそういうと、少女はちっちっちと舌を鳴らして指を振った。

「あたしのことはトーナで良《い》いよ。あたしもルンさんって呼ぶから。よそ者同士、仲良くしよ！」

「あぁ、分かったよ。じゃあトーナちゃんね」

変な子だなと思いつつ、ルンはトーナの提案に頷《うなず》いた。

「じゃあこいつら片づけて、出発しよう！」

気絶した悪漢に、銃口を向ける。銃爪にかかった人差し指が、グッと絞り込もうとした瞬間、

「ちょっと待って！」

「え、何？」

声を上げたルンに、トーナは訝《いぶか》しげな顔を向ける。

「それ本物なの？」

「そりゃもちろん！　こいつらの頭、木端微塵《こっぱみじん》にできるよ？」

得意顔のトーナに、寒気を覚える。

「でも別に良《い》いじゃん。こんなかわいい子を売り飛ばそうとしたんだよ？　酷《ひど》くない？」

異世界ならではの見た目の動物をすんなりと受け入れる辺りは、若さ故か。彼女の言い分も理解できなくはないが、とはいえ殺すほどのことではなさそうだし、そんな簡単に人の命を奪ってしまうのは、情操教育の観点からも良くはない。

「こんな奴《やつ》らほっとこうよ。未遂に終わったわけだし、トーナちゃんにここまでされてさすがに懲りてると思うし」

「え～……」

「そんなことより、ジエイダンに行くんでしょ？　そっちがまず優先だって」

「う～ん……まぁ、そうだね」

不満はありながらも、トーナはルンの意見を受け入れてくれて、腹立ちまぎれに悪漢の腹を踏みつけて、路地を出ていった。

3

ルンが来た道を戻ること一〇分と少々。木造二階建ての事務所に到着し、受付に直行したトーナだったが、登録を申し出るなり難しい顔を返された。

「え〜、年齢制限あるんですか⁉」

白い小動物を頭に乗せて、素っ頓狂な声を上げたトーナに、一階の食堂で休憩する現役団員達の注目が集まってしまう。トーナのすぐ後ろに立つルンは、周囲の視線に居心地の悪さを覚えながら、受付に立つ若い女性の説明に耳を傾ける。

「自衛団《じえいだん》の団員として登録することができるのは一八歳からなの。そうでないと、当方で引き受けている依頼を紹介することもできないし、仮に個人で依頼を遂行されても、報酬をお支払いすることはできないんです」

「えぇ〜……」

「ごめんなさい。でも、法律で決まってることだから」

灰色のジャケットを着た金髪の受付嬢は、別に悪いことをしているわけでもないのに、落胆の色を隠さないトーナに申し訳なさそうに謝る。どことなく日本人めいたその低姿勢は、背後の壁に飾られた自衛団《じえいだん》の旗には似つかわしくない。

灰色の旗に描かれた三本の剣。これ見よがしに武闘派の色合いが出ている団旗は、ルンの思った通り、異世界的な職業であることの証拠だろう。

「どうするの？　トーナちゃん、登録できるのは再来年でしょ」

一八歳から入団可能なら、一六歳のトーナにとってはそういうことになる。正直に言ってしまった以上、もう年齢を誤魔化すこともできない。

「う～ん、どうしようかな……」

腕を組んで難しい顔をするトーナ。そう簡単に引き下がりたくない気持ちは分かるし、さっきの悪漢相手の大立ち回りを見た限り、彼女の能力はこの組織に売り込む価値が十二分にあるはずだ。

「何かトラブルか？」

悩むトーナへ、そこで救いの声がかかった。食堂のテーブル席から事態を見守っていた青髪の男が、三人の仲間とともに受付へやってきた。

「あ、クラウさん！」

若い受付嬢が頬を染めて、改まった様子で男に向き直る。

鎖帷子《くさりかたびら》を纏《まと》ったがっしりとした肉体に、腰には一〇〇センチほどの長さの剣。青い髪は後ろでまとめて、端整な顔立ちに浮かべた笑みは自信を湛《たた》えている。

「わあ、イケメン！」

テンションが上がるトーナ。ルンはと言えば、関心は腰の剣に向いていた。年季の入ったロングソードは、彼に歴戦の猛者《もさ》らしい風格を持たせている一番の要素だ。

「実はこちらの子が、入団したいと言ってて……」

受付嬢がトーナの方を指して、クラウに答える。

「ただ、年齢が一六歳ということだったので、入団できない旨《むね》をお伝えしたところです」

「一六歳かぁ……所長にはもう報告した？」

「いえ。今来られたばかりですし、所長は今日不在ですので」

「あぁ、そうなんだ」

クラウは頷《うなず》いてから、トーナとルンにいたずらっぽい笑みを向けた。

「あのさ。実はちょっとした裏技があるんだけど、教えてあげよっか？」

「え？　どんな？」

トーナが目を輝かせてクラウに訊《き》く。クラウはトーナの耳にこそこそと囁《ささや》き、それを聞いたトーナはルンの方へ何やら悪巧みを思いついたように笑みを浮かべた。

「ほら、やってみな」

「はい！」

クラウに背中を押されて、トーナは大きく頷《うなず》く。そして再度受付の方へ向き直り、

「ルンさんが自衛団《じえいだん》に入団して、私はその見習いになります！」

「はあ……は!?」

指差して、突然名前を告げたトーナに、ルンは声を上げた。

「クラウさん、女の子にそれは……」

「大丈夫だって。こういう子は積極的に取り込まなきゃ。案外ハンナみたいな武闘派かもしれないし」

得意満面を絵に描いたようなクラウの笑顔に、受付嬢も肩をすくめる。

「分かりました。じゃあ、こちらの入団届にお名前を書いてください」

「は〜い！」

「ちょっと!? 俺は入らないよ！」

入団の流れができつつある。慌てて訂正を試みるが、そこへトーナが、

「ダイジョブダイジョブ！ ルンさんはついてきてくれるだけで良《い》いから！」

「いやそれ結局危ないやつじゃん！」

「いざとなったらあたしが守るって！ ここはノリと勢いが肝心だよ！」

そう言いながら、トーナはすらすらと入団届の必要事項を埋めていく。大学で履修したおかげで、それがラテン語であることは分かったが、記憶が古過ぎて読み取ることはできない。

「……ていうか、何でラテン語書けるの？」

「え、できないの？」

「できないよ！」

「嘘《うそ》だ～！　……あぁでも、それならなおさら、あたしと一緒に行動しなきゃでしょ？」

ひょっとしてトーナちゃん、生前はとんでもない天才だったのだろうか。

そんな疑問を抱きつつ、読み書きができない以上、トーナに頼らざるを得ない現実を前に、ルンは折れざるを得なかった。

「ということで、ルンさんとあたし、ペアで入団しま～す！」

満面の笑みで入団届を受付に提出するトーナ。受付嬢はそれを受け取って記入事項を確認すると、小さく頷《うなず》いて受理した。

「では、ルンさんが正式団員、トーナさんが団員見習いということで、登録しますね」

「やったね！」

「やってくれたね……」

喜ぶばかりのトーナに、ルンは肩を落とす。装備なんて何も持っていないのに、こんな武闘派組織で何をすれば良いのやら。

「で、依頼ってどんなのがあるんですか？」

希望で目を輝かせるトーナが、受付嬢に訊《たず》ねる。

「そうですね。今来ている依頼だと、こちらになります」

受付嬢はそう言って、紙束を差し出した。依頼が書かれた紙を紐《ひも》で留《と》めたものだ。

「ダメだ、何て書いてるか分かんない。トーナちゃん、読んで」

「オッケー」

正規団員はルンの方だが、実際のところ主役はトーナ。依頼内容には興味がないし、あっても読めないから、トーナに選ばせることにした。

「なるべく簡単そうなのね」

「分かってるって〜」

ニヤケ顔で依頼書の束を捲《めく》るトーナが生返事をする。本当に大丈夫だろうかと不安になっていると、

「文字が読めないって、お前さん、大陸の外から来た人？」

そばでやり取りを見守っていたクラウが声をかけてきた。

「こんな海もない国までわざわざやってくるなんて、出稼ぎか何かか？」

内陸の国に海から渡ってきた人間がいるとなれば、不自然に思われるのも無理からぬこと。

とはいえ、詮索されても説明が難し過ぎるし、信じてもらえる自信もない。

「何となく、一番良さそうな国かな、って思って……」

「まぁ、この大陸で帝国《インペリウム》って名乗ってるとこなんて、ここくらいなもんだしなぁ」

どうやら納得してくれたらしく、クラウは腕を組みつつ小さく頷《うなず》いた。

「というか、その服結構上等なやつじゃねぇか？」

筋骨隆々のスキンヘッドの男が、ルンのスーツ姿を見咎《みとが》めると、茶髪のストレートヘアに褐色肌の女がそれに続いた。

「ほんとね。あの子はカーバンクル連れてるから、魔導士とか？」

「カーバンクルって、あの白い動物のこと？」

そういえば、トーナに絡《から》んでいたあの賊の三人も、あの小動物をそんな風に呼んでいた気がする。そんなことを思っていると、茶髪の女が咎《とが》めるように訊《き》いた。

「カーバンクルって、大陸の外から来た動物だよ。あんた大陸の外の人間なのに、知らないの？」

道理でラテン語らしからぬ発音で呼んでいるわけだ。外来種だから外国の呼び名が定着したのだろう。

「俺の地元にあんな動物いなかった気がするから、大陸違いかも……」

「え、じゃあどこから来たの？」

これ以上深掘《ふかぼ》りされてはボロが出てしまう。話題を逸《そ》らすことにした。

「と、ところで皆さんは？」

「僕らはクラウと同じパーティでね。まぁ、仕事仲間ってとこ」

眼鏡をかけた青年が、柔和な笑みで乗ってくれた。

「僕はクロード。で、こっちの巨漢がラズボアで、茶髪の恐《こわ》そうなのがハンナ」

「恐《こわ》そうなのは余計だよ、馬鹿」

「まぁ間違っちゃいねぇな！」

見るからに怪力の持ち主といったスキンヘッドのラズボアが、膨《ふく》れっ面《つら》を作るハンナを笑う。

「俺もトーナちゃんも、今日ここに着いたばっか。自衛団《じえいだん》って、何する組織なの？」

「知らないで来たのか？」

「うん。トーナちゃんの付き添いのつもりだったから」

事情を知ったクラウは、やや同情気味に苦笑する。

「早い話が、魔族専門の賞金稼ぎだ」

「魔族専門？」

「そう」

腕を組みつつ頷《うなず》くクラウに、クロードが続く。

「城壁の外にいる魔族を撃退したり、街に入り込んだ魔族を討伐したり……街の治安は帝国軍が守ってるけど、魔族討伐までは余裕がないから、そこで僕達が軍の代わりに街を守るってわけ」

差し詰め軍は対人間、自衛団《じえいだん》は対魔族と、担当で棲《す》み分《わ》けをしているようだ。とはいえ、人間相手の軍より、魔族を相手にする自衛団《じえいだん》の方が、大変そうではある。

「ちなみに報酬ってどのくらいもらえるの？」

「生活には困らないくらいもらえるよ。あんた達は三等団員からだけど、最近は物騒で単価も上がってるし」

ハンナが応じた。最低限の生活はできるとして、物騒なのは嬉《うれ》しい話ではない。トーナが変なものを引き当てないか、それだけが気がかりだ。

「みんなは一等とか？」

「ご明察。俺達はみんな、一等団員だよ」

クラウが得意顔で答えた。四人の実力の程はまだ分からないが、それでも相応に強いことは、雰囲気から察せられた。

「あ、これ良《い》いじゃん！」

トーナが楽しげに声を上げて、束から依頼書を一枚引き抜いた。

「これ、あたし達で引き受けます！」

そう言って差し出した依頼書を受け取ると、受付嬢の顔が曇った。

「あ、いや。これはちょっと……」

「ルンさん、偵察だって。これなら楽勝でしょ？」

どや顔のトーナ。確かに、戦闘をする必要がないなら、それに越したことはない。

ただ、その任務がトーナの思うほど簡単なものではないことを、ルンは受付嬢の反応と食堂のざわつきで感じ取っていた。それを裏づけるように、クラウも怪訝《けげん》な顔で依頼書を受付嬢から取り上げて目を通し、小さく首を振った。

「トーナちゃん、この依頼は止めといた方が良《い》い」

「え？」

「確かにこれは三等団員を募集してるけど、危険度で言ったら二等団員が出張るくらいのものだ。君にはまだ早いと思うな」

トーナは納得していない様子だ。ルンとしても、何も知らないまま引き下がりたくはない。

「実態は偵察じゃないってことか？」

「いや、偵察は偵察なんだが、相手が悪い」

クラウの答えに、ハンナが補足する。

「偵察対象は、ペルグランデっていう大型のドワーフでね。こいつが群れを率いてるんだ。数は一〇から二〇。三日前、こいつらの討伐に向かった二等団員の一団が、それっきり帰ってきてない」

「ドワーフって、髭《ひげ》生やしてる背の低い人間みたいなやつ？　あいつら味方じゃないの？」

ファンタジーの世界では定番なだけに、敵がドワーフと聞くとどうにも違和感がある。訝《いぶか》るルンに、ハンナが半ば呆《あき》れたような笑みで返した。

「あれが味方なわけないでしょ。ガーガー吼《ほ》えて斧《おの》振り回す化け物だよ？」

「え、嘘《うそ》……」

「お前さんの国じゃ、ドワーフっていうのがどういう連中なのかは知らないけどな。少なくともこの辺でドワーフと言ったら、人間《俺達》のことを餌だと思ってる化け物のことだぜ」

本来ならそういう役回りは、オークかゴブリン辺りが妥当だろうに。神は世界の基本は使い回しであるかのような物言いだったが、細かいところで差異がありそうだ。

「よその大陸って、ここよりよっぽどヤバそうだね」

「案外魔族とも上手《うま》くやってるのかもしれねぇよ。エルフが味方になってくれてるのかもしれないしな」

ハンナとクラウが、ルンの故郷についてあれこれと想像して話し合う。そんな二人をよそに、クロードが諭すように、

「まぁドワーフの大陸ごとの違いはさておき、とにかく君達にはまだ早いと思うよ」

格上の団員が集団で挑んで、おそらく敗北した相手。その偵察ともなれば、彼の諫言《かんげん》も当然のことだ。

「偵察依頼もそうだけど、自衛団《じえいだん》からの依頼っていうのは、基本的に相当危険なものばかりだ。悪いことは言わない、他のにしとけ。確か電気トカゲの駆除依頼なんかもあったはずだし、まずはそういうので経験を積むことだ」

一等団員の助言に異議はない。この世界の住人になったばかりでも分かることだ。小さなことからコツコツと積み上げていけ、というのは、年長者なら誰でも言うことだし、ルンも社会

人になりたての頃にそう教わって、実践してきた。

だが、せっかく異世界に来たのに、同じことを繰り返すのは、どうにも面白くないと思えた。

「トーナちゃん、ちょっと」

トーナを呼び、クラウと受付嬢に背を向けて訊《たず》ねる。

「トーナちゃんの銃って、本物なんだよね？」

「そりゃもちろん」

「威力はどのくらいなの？」

「何か、あたしのさじ加減で威力調整できるみたい。多分だけど、鉄を貫通するくらいならできると思う」

すごく便利だな、と思うルンに、トーナは質問の意図を察して、

「ルンさん、引き受ける気でしょ？　あたしは賛成だよ。あんなに言われるとちょっと楽しみだし」

「ここは普通、恐《こわ》がる場面じゃない？」

「異世界に来たんだからこのくらい冒険しないと。どうせもう一回死んでるし、恐《こわ》いものなんてないでしょ」

大した度胸だと感心しつつ、ルンも彼女の意見には賛成だった。

「ちょっと話したんだけど、その依頼引き受けるよ」

「なっ……話聞いてなかったのか？　危険だって！」

「偵察だけすれば良いんだろ？　危険なことはしない、偵察だけに専念するから、やらせてくれ」

大口を叩《たた》いても信用されないし、それ以上食い下がっても話が拗《こじ》れてしまうだけだ。それなら、相手の言い分を尊重しつつ、我を通す方が手堅い。

「……偵察だけだぞ？」

ため息を吐いたクラウは、釘《くぎ》を刺すように言った。これ以上引き留めても言うことには従わないと悟ったのだろう。

「じゃあ、こうしよう。俺達も今夜出発する。で、夜更《よふ》けにお前達と合流して情報を受け取って、襲撃をかける。それでどうだ？」

「あぁ、了解。こういう時って、報酬は半々に分ける？」

「偵察分はお前らの全取りで良《い》いよ。討伐報酬は手伝ってくれたら半々にするが、まぁ今回は止めといた方が良《い》い」

「そうだなぁ。何事も安全第一だし」

心にもないことを言うルンの背後で、トーナはニヤケ顔を手で覆った。

4

ドワーフの巣穴は城壁で囲まれた街から馬車で三時間も進んだ先の洞窟にあるという。

自衛団《じえいだん》の馬車を手配してもらう間に、クラウから聞いたところによれば、元々洞窟の近くには村があって、そこからドワーフ討伐の依頼を受けたのがきっかけだった。そこで二等団員を派遣したところ連絡が途絶え、数日中に一等団員を中心とした討伐部隊が編成されることになっていたのだそうだ。

「村は全滅して、今はもう廃墟《はいきょ》だって。思ったより陰鬱な世界だね」

「だね～。腕が鳴るよ」

馬がのんびりと引いて揺れる馬車の中で、トーナは御者席で手綱を握るルンに得意顔でそう答えて、得物の拳銃を抜いた。

ルンはその得物に目をやった。やはりどう見ても、この世界の技術で作られた代物ではない。ポリマーフレームで人間工学に基づいて作られた、二一世紀の自動拳銃だ。

「トーナちゃんのその銃って、前の世界で持ってた武器とか？」

「え？　いやいや、こんな物騒なもの持ってるわけないじゃん」

至極まともに否定された。それはそうである。

「神様からもらったんだよね。この世界で活躍できるように、って」

そんな特典一つももらっていないだけに、ルンの胸中は複雑だった。とはいえ、トーナはまだ子供。こんな物騒な世界で生きていくことは困難と判断してのことだろう。

「これすごいんだよ？　弾切れしないし、どんなに乱暴に扱っても壊れないんだって。実際一〇〇発くらい撃ってみたんだけど、びくともしないの！」

「完全にチートアイテムじゃん……」

いくら何でもそれはやりすぎではなかろうか。自分との待遇の差に、ルンは唖然《あぜん》とした。

「もしかして、ラテン語が分かるのも……？」

「うん。あたし、英語もそんな得意じゃなかったし」

「良《い》いなぁ～！」

うなだれるルンに、トーナは笑う。

「あたしは歩けるだけで良かったんだけどね。神様って結構優しいよね」

「歩けるだけで？」

聞《き》き咎《とが》めたルンに頷《うなず》く。

「あたし、歩けなくなっちゃったんだ。事故に遭って」

そう言ってトーナは自動拳銃をしまい、馬車の外に目を向ける。時刻は判然としないが、空は夕焼け色を濃くしている。もうすぐ日が暮れそうだ。

「脊髄損傷で半身不随。リハビリ頑張ったけど結局ダメで、車イス使わないとどうしようもなかったんだ」

「それで、自殺を……？」

「うん。お父さんもお母さんも事故で死んじゃったし、夢も叶《かな》わなくなっちゃったしね。ハンガーに首かけるの、結構苦労したよ」

そう自虐めいた笑みを浮かべるトーナに、ルンは返す言葉を見つけられなかった。

「ルンさんも、やっぱり自殺なの？」

トーナの自殺を察したからだろう。やはり同類なのかと、ルンに首を傾《かし》げて訊《き》いた。

「そうだよ。トーナちゃんほど考えずに勢いでやっちゃったけど」

「へぇ〜。サラリーマンって色々大変なんだね」

色々と察してくれたらしく、トーナはそう言った。

「やっぱブラック企業だったの？」

「ブラックではないと思うけど、まぁ忙しかったよ。大手だったし」

「そうなの？　どこ？」

「帝国生命。聞いたことくらいあるでしょ？」

「勝ち組じゃん！　いやでも、保険はオワコンらしいし、やっぱ売るのって大変なの？」

「金融系は何でも売るの大変だよ。あと、保険がオワコンとか言ってる人達は、保険の役割とかよく分かってないと思うよ」

ルンは咳払《せきばら》いとともに語り出した。

「保険が必要ないのは、株とか不動産みたいな資産を何億も持ってる人だけで、大抵はそんな大金持ってないから、重い病気や事故に遭ったりした時に、お金の工面で苦労することになるんだよ。家族を遺《のこ》して死んじゃったりしたら、遺族の将来にも影響する。そういう時に保険に入ってると、お金の面での苦労や心配はなくなるから、落ち着いて人生設計の見直しもできるってわけ」

「なるほどねぇ」

「保険をオワコン扱いしてる人って、大抵資産形成の手段で評価してると思うんだけど、保険って本来は資産形成のための商品じゃないからね。病気や事故、それに死んだりして、悲しんだり不安を抱えたりする人を助けるためにあるんだよ。どこのインフルエンサーが浅知恵で言ってるのか知らないけど、少なくとも他人の人生に興味持たないような無責任な人達に、そんな扱い受ける筋合いはないね」

若干早口になりつつ言い切ったルンに、トーナはうんうんと頷《うなず》いて、

「ルンさん、保険の仕事好きだったんだね。ほんと、何で死んじゃったの？」

咎《とが》めているというより、純粋な疑問としての問いかけ。ルンは熱心に語ってしまったことを内心反省しつつ、

「サラリーマンやってると、勢いに乗りたくなることもあるんだよ」

苦笑を見せてはぐらかした。

5

洞窟近くの森に着いた頃には、日がすっかり暮れていた。

馬車をその場に残して、ルンとトーナは森へ入った。夜だというのに月明かりが明るく照らし、木々の葉もしっかり見えるくらいには視界がはっきりしている。

「この世界の月って、あたし達の世界より綺麗《きれい》だよね」

拳銃を手に先行するトーナが呟《つぶや》いた。

「田舎だとこんなもんだよ?」

「ルンさん、田舎出身なの?」

「うん。そこそこド田舎」

「そこそこド田舎……?」

イマイチ感覚が掴《つか》めないトーナに補足する。

「最寄り駅まで車で三〇分くらいかかる」

「あ〜、ド田舎だわ」

感心したように呟《つぶや》いたトーナは、そこで足を止めた。

「どうかした？」

「しっ！　奥に何かいる」

声を潜めて姿勢を低くし、拳銃を構える。

次の瞬間、風を切る音とともに、矢が飛んできた。

「うわっ⁉」

月明かりに照らされた矢じりは、尻もちをついたルンの頭蓋を貫くことはなかった。箆《の》を摑《つか》んで止めたトーナが、前に向けたままの拳銃の引き金を引き、銃声を一つ撃ち鳴らす。

奥の繁《しげ》みから呻《うめ》き声が響き、何かが地面に倒れる音が届く。と同時に、獣が唸《うな》っているかのような声が、四方から聞こえてきた。

「囲まれてるね。ルンさん、伏せてて」

そう言うと、トーナは拳銃を両手で構え、前方に向けて三度発砲した。それに応じるように咆哮《ほうこう》が前後左右から聞こえてきて、ルンにも分かるほどの勢いで気配が迫ってくる。

トーナが踵《きびす》を返《かえ》し、引き金を絞る。銃声とともに咆哮《ほうこう》が断末魔に変わり、迫ってきていた足音も途絶える。そこにカタルシスを得る間もなく、トーナは続けざまに拳銃を持った右手を引っ込め、脇に抱えるような姿勢で左に銃口を向け、同じように三度速射する。そこへ背後から小さな影が飛び掛かるが、ひらりと躱《かわ》して銃口を斜めに構え、至近距離から腹に二発叩《たた》き込む。

アクションスター顔負けのCARシステムを目の前で見せつけられ、唖然《あぜん》とする。そうする間に右手から迫ってきていた残る二体も弾《はじ》き飛《と》ばし、周囲を取り囲んでいた殺意は一つ残らず沈黙した。

「良《い》い旅をな！」

銃口から燻《くすぶ》る硝煙をふっと吹いて飛ばし、決めゼリフで締める。会心のどや顔に、起き上がったルンはもしやと訊《たず》ねた。

「洋画とか結構好き？」

「大好き！　ターミネーターのメインテーマが子守歌だったくらい！」

あのメインテーマでどうやったら眠れるのやら。

「それでアクション俳優みたいな撃ち方してるわけか」

「かっこいいでしょ？」

得意顔のトーナに頷《うなず》きつつ、辺りを見回す。

襲撃をかけてきた敵の死体は、視認できる限りで三つ。茂みの向こうにはもっと転がっていることだろう。

ルンは近くに倒れている死体に目をやった。脳天を撃ち抜かれて息絶えるそれは、人型の外見ではあるものの、明らかに人間ではない。見開いた目には真っ黒な眼球が塡《は》め込まれていて、あんぐりと開けた口にはびっしりと牙を生やしている。肌の色は青白く、口周りには刺々《とげとげ》しいひげを蓄え、右手に持った錆《さび》だらけの小斧と汚れた薄着も相俟《ま》って、さながら童話に登場する悪鬼を児童向けの補正なしで具現化したような風体だ。

ファンタジー世界の常連なだけに、ルンもよく知る種族だが、やはりこの世界の彼らはそんなイメージとは程遠い種族のようだ。

「絵に描いたような怪物だね」

トーナが死体を見下ろして言った。

「でも、これのでかい版が相手なんだよね？　大したことないんじゃない？」

ドワーフの身長は目算で男子小学生くらい。この大型版となると、精々成人男性くらいの背丈だろう。

装弾数無限で壊れることのない拳銃にアクションスター顔負けの大立ち回りができるトーナなら、その程度の相手に後れをとることもあるまい。

「行こう。クラウ達が来る前に片づけないと」

クラウ率いる討伐隊は、夜が更《ふ》けた頃に奇襲をかける手筈《てはず》となっている。そのための偵察が本来の任務であり、危険と判断したら奇襲の日取りを変更し、討伐隊とともに退却する算段となっているのだが、ルンとトーナの本意は討伐隊より先にドワーフを殲滅《せんめつ》してしまうことにあった。

二等団員が勝てない相手を倒したという実績に、多額の報奨金。それに何より、単なる偵察で終わるのは面白くない、などという、いつもなら考えもしない理由でクラウに嘘《うそ》をつき、偵察という名の殲滅《せんめつ》戦に乗り出したのだった。

「ルンさん、あれ」

森を進み、足の裏が痛み始めたところで、ようやく二人は洞窟に辿《たど》り着《つ》いた。

絶壁に空いた大穴は、人間どころか大型トラックでも難なく通れるほどの幅と高さだ。その奥は天井に穴でも空いているのか、月明かりが入り込んで仄《ほの》かに照らされている。

「正面から行く？」

罠《わな》を警戒しての問いかけに、トーナは即首肯する。

「あたしが先に行くから、ルンさんは後ろからついてきて」

「了解。罠《わな》が仕掛けられてるかもしれないから、気をつけて」

姿勢を低くしたトーナが洞窟へ駆け込み、ルンもそれに続く。

洞窟の奥は広い空洞だった。天井の大穴からは満月が見下ろし、月明かりが円形に開かれた空間を満遍なく照らす。

コンサートホールのようなその空間に、息遣いは五つばかり。それを真っ先に感じ取ったトーナは、取り囲む殺気に目を向けていき、敵の位置を見定める。

「待ち構えてたってわけね。小賢《こざか》しいことしてくれるじゃん」

やがて物陰に隠れていた敵が飛び出してきた。数は五匹。森で返り討ちにした連中と同じように、薄汚れた布を着て小斧を持ち、真っ黒な瞳に敵意を宿して吼《ほ》えている。

人間とは明らかに違う、そしてファンタジー小説に登場するドワーフとも似つかわしくない、野蛮な怪物だ。

「ルンさん、逃げて！」

トーナが叫んで、飛びかかってきたドワーフに銃口を向ける。狭い場所では居るだけで邪魔ということだろう。それを察したルンも、踵《きびす》を返《かえ》す。

「っ！」

そうは問屋が卸さないとばかり、ドワーフが立ち塞がった。数は二匹。仲良く錆《さ》びついた小斧を振りかざし、牙を剝《む》いて威嚇する。

「邪魔だ！」

ルンはドワーフの顔面に前蹴りを繰り出した。身長一三〇センチそこそこの小人相手に繰り出した一撃は、ドワーフの前歯を砕いて、ずんぐりした身体《からだ》を後方へ弾《はじ》き飛《と》ばした。

「せいっ！」

もう一匹が振り下ろしてきた小斧を躱《かわ》すと、今度は足を払うように下段蹴りを振るう。敏《びん》捷性《しょうせい》を持たないらしいドワーフはその場に倒れて頭を打ちつけ、そこへさらにルンは顔面を思いきり踏みつけた。

鼻が潰れたドワーフが意識を手放したのを認めると、ルンはトーナの方へ振り返った。ドワーフに背負い投げを極めて、地面に叩《たた》きつけたところへ、こめかみを至近距離から撃ち抜いて止めを刺す姿に、思わず見入ってしまった。

「マジでジョン・ウィックみたいじゃん」

「でしょ〜？」

どや顔のトーナに、ルンはただ頷《うなず》く。

「ていうか、ルンさんも普通に強いね。素手で勝てるってヤバくない？」

感心した様子のトーナは、そう言いながらルンの足下で気絶するドワーフに銃口を向け、引き金を引く。

「やっぱ神様から特典もらってるでしょ」

「いや、もらってないよ……」

そう言いつつ、思い当たることがあった。

「倫理制限の解除って、そういうことか」

特典がほしいとせがんだ時に神が告げたフレーズ。生前世界の倫理観ではまず実行不可能なことをやってのける、心理的抵抗感の排除。それが、倫理制限の解除というものなのだろう。

それがあるからこそ、トーナは銃を振り回し、チンピラとはいえ顔色一つ変えることなく殺そうとしたし、こんな化け物が相手とはいえ、真っ当な社会人だったルンが易々《やすやす》と暴力を振るえたわけだ。

「どうかした？」

「いや、何でも。まぁとにかく、これが俺の実力ってことで」

「う〜ん、胡散臭《うさんくさ》いなぁ」

訝《いぶか》しげなトーナが、前蹴りを食らって奥に倒れていたドワーフの眉間を撃ち抜く。静寂が訪れた洞窟に、まもなく咆哮《ほうこう》が降り注いだ。

「真打ち登場か？」

天井を仰いだルンは、大穴から飛び降りる巨大な影を認め、そして絶句した。

地上に降り立ち、地面を揺らした巨漢は、四メートル強の長身から、ルンとトーナを見下ろす。四〇〇キロを軽く超えそうな巨体。分厚い筋肉を全身に纏《まと》って、大木のような両手で巨大な斧《おの》を持ち、岩をも噛《か》み砕《くだ》いてしまいそうな牙を剝《む》いて、重低音を喉から鳴り響かせる。

子分として従えていたドワーフと比べて三倍以上の背丈と体格を持ったその怪物が、二等団員達を蹴散らしたペルグランデだということは、考えるまでもなかった。

「ルンさん、下がってて」

トーナが告げると、ルンは大人しく入口まで下がっていく。倫理観を捨てさせられた今の状態でも、こんな化け物と張り合えると勘違いできるほど、身の程知らずではない。

「グアアアアアアアアアアアアアアアアアアア！」

咆哮《ほうこう》とともに、ペルグランデが大斧《おの》を振るう。砂埃《すなぼこり》を巻き上げる一薙《な》ぎ。衝撃と風圧に顔を背ける。

「トーナちゃん⁉」

前へ向き直ると、そこにトーナの姿はなかった。ペルグランデが振り抜いた大斧《おの》の刃。その上に乗ったトーナは、銃口を大きな頭に向けて、引き金を絞った。

「オオオオオオオオオオオオオオオッ！」

乾いた銃声が三つ、空間に響く。こめかみと左目に銃弾を撃ち込まれたペルグランデは悲鳴を上げ、暴れ悶《もだ》える。

ペルグランデが大斧《おの》を振り上げようとしたその時、トーナは刃を踏みつけて跳躍した。ペルグランデより数メートル高い位置で、弧を描くように宙を舞う。やがてその禿《は》げた頭の真上に至ると、空中で逆立ちするかのような姿勢から拳銃を斜めに構え、脳天に照星を合わせる。

「とっとと失《う》せろ、ベイビー！」

決めゼリフとともに、発砲。六発。一瞬にして叩《たた》き込まれた鉛が頭蓋を砕き、脳を潰す。

「ウオオオオオオオオオオオオオオオ！」

その咆哮《ほうこう》は断末魔に変わり、頭を抱え、そして力なく前のめりに崩れる。

反対側に着地したトーナが、銃口の硝煙を吹き飛ばす。仕留めたという確信の通り、ペルグランデは既に息絶えていた。

「もう漫画のキャラじゃん！　主人公じゃん！」

メチャクチャな大立ち回りを目の当《ま》たり《あ》にしたルンは、興奮気味に声を上げた。振り抜いた斧《おの》に乗っての銃撃に、空中ムーンサルト。童心を掻《か》き立《た》てる大立ち回りだった。

「いや〜、それほどでもあるよ！」

トーナもまんざらではないらしく、どや顔で応じた。

「今の、前からできたの？」

「そんなわけないじゃん。神様に強化してもらったんだよね〜。『エージェント・スミスと戦っても勝てるくらい強くなりたい』って頼んだから、まぁこんなもんじゃない？」

それは強化し過ぎではないか。あまりの贔屓《ひいき》っぷりに、変な笑いが漏れた。

「それと、この子のおかげ」

トーナが言うと、それを合図としたかのように、カーバンクルがスカートポケットから顔を出した。額の宝石が黄色く輝いているのを認めると、トーナが疑問に答えてくれた。

「ハンナさんから魔法石をもらって、食べさせてあげたんだ。この子、魔法石を食べると魔法が使えるようになるんだって。多分、瞬間移動みたいな魔法を使ったのかな？」

それで大斧《おの》の刃の上に乗れた、というわけか。最悪の事態に備えて離脱する手段として与えてくれたのだろう。腕を伝って肩に駆け登ったカーバンクルも、異議はないとばかりに得意気な表情で、尖《とが》った耳を柔らかく踊らせている。

洞窟内に二人以外の気配はなく、ついさっきまでの騒々しさが嘘《うそ》のように静まり返っていた。

近くには鳥もいないのか、鳴き声も聞こえてこない。

「とりあえず、これで一件落着かな。後はクラウ達を待つだけか……」

帰りたいのはヤマヤマだが、ペルグランデを討ち取った証拠が手元になくては話にならない。

クラウが来るまであと数時間、ここで待機していなければならない。

「ルンさん、あれ何かな？」

トーナが関心を向けたのは、広場の奥にある小さな穴だ。ペルグランデでは到底入れそうにない、人間が入るのが精々な穴の奥は真っ暗で、それなりに奥まっているのが認められた。

「宝物とかあったりして。ちょっと見てみようか」

冗談めかしてそう言いつつ、興味本位で向かっていく。

「……っ」

手前まで来たところで、ルンは足を止めた。すぐ後ろをついてきていたトーナも、漂ってきた臭いに足を止め、肩に乗っているカーバンクルも白い毛を逆立たせている。

生臭さに鉄の臭いが混ざった腐臭。それが一般的に「死臭」と呼ばれるものだと察するのに、時間はかからなかった。

「トーナちゃんは離れてて」

口を手で覆いながら言って、ルンは穴を覗《のぞ》き込む。

月明かりが照らし出した穴の中に転がっていたのは、死体だった。数は一〇や二〇どころではない。甲冑《かっちゅう》を着たものに、シャツしか着ていないもの。老人もいれば、子供もいる。全員頭を叩《たた》き割《わ》られて、手足を切り落とされ、或《あ》いは顔の一部を食いちぎられている。壁や床には血《ち》糊《のり》がこびりついて、そこかしこでハエが羽音を立てて飛び交っていた。

「っ……！」

胃からこみ上げるものに耐えかねて、ルンは穴から離れ、そして嘔吐《おうと》した。吐き切って顔を上げると、トーナも穴の中を察したのか、こちらに背を向けて蹲《うずくま》っている。

漫画かアクション映画のような大立ち回りに興奮し、倫理制限の解除に託《かこつ》けて、完全に忘れてしまっていた事実を、ルンは思い出した。

ここは異世界。ここは現実。そして、ここは死地。凶悪な化け物を相手に戦うことに、アトラクションのような安全の保証などありはしないし、ゲームのように死んだらやり直し、などという都合の良《い》いシステムは存在しない。ドワーフの斧をまともに食らっていれば、自分もトーナも、この穴に放り込まれていたのだ。

6

クラウ達討伐隊が到着した時、彼らの反応は思ったより好意的だった。

「ペルグランデを倒すなんて、お前ら思った以上にすごいな。こりゃあ俺の最年少一等団員記録、トーナちゃんに更新されちまうな！」

　無茶をしたことを叱るか、報奨金の分け前で揉《も》めるくらいは覚悟していたルンは、クラウの思いがけない称賛に目を丸くした。

「怒らないのか？」

「怒るって？」

「偵察だけって約束だったのを討伐したから……もっと何か言われるかと思ってた」

「そんなことでいちいち怒ったりしないって。自衛団《俺達》は軍じゃないし、お前らも俺の部下じゃないんだから、そんな細かいことまでごちゃごちゃ言わねぇよ」

　懐《ふところ》の広さに感心しきりのルンに、クラウは続けざまに「ところで」と切り出した。

「分け前なんだけど、半々で良《い》いか？　お前らに全取りさせてやりたいところなんだけど、こっちも人手を出しちまったしな」

　討伐隊はクラウのパーティに二等団員を組み合わせた、総勢二〇名弱。これだけの人員を真夜中に動員してもらったのだから、むしろ半分ももらうのは申し訳なさすら覚える。

「そりゃあ、もちろん。そうだ、もし良かったら剣の使い方とか、教えてもらえないか？　トーナちゃんに頼りっぱなしってわけにもいかなそうだし」

　凄惨な現実を目《ま》の当《あ》たりにした以上、丸腰で後ろから見ているだけ、なんて甘い考えは持てなかった。最低限の自衛はできるようにならなければ、死んでしまう。

「じゃあ俺が直々に教えてやるよ。今日の取り分は、免許皆伝までの指導料ってことでどうだ？」

「あぁ、それで頼む。ありがとう」

「良《い》いってことよ。ペルグランデの討伐報酬は一〇〇〇万バルクに引き上げられてる。だから半分の五〇〇万、お前とトーナちゃんで山分けしとけ」

そう言ってクラウは力強く肩を叩《たた》いた。彼の懐《ふところ》の広さに感動すら覚えていると、パーティメンバーのクロードが駆け寄ってきた。

「死体を運び出すの、もう少しかかりそうだ」

「数が多いのか？」

「それもあるけど、バラバラにされててね。人手が全然足りないよ」

クロードがクラウを連れて行き、二人と入れ替わるように、二等団員が担架を担《かつ》いで目の前を横切った。

布を被《かぶ》せた遺体の手が、担架の揺れではみ出す。薬指の指輪を認めて、ルンは団員に声をかけた。

「なぁ、ちょっと」

「あ？　何だ、新入りか。お前、大手柄だったな。大したもんだ」

足を止めた二等団員が労《ねぎら》うように言った。ルンは相槌《あいづち》も打たず、担架に乗る死体へ目をやる。

「この遺体は？」

「団員のだよ。俺達もよく知ってるやつだ。子供もまだ小さいのに、かわいそうにな」

団員は重苦しいため息を吐いた。

「自衛団《じえいだん》からお金って出るのか？」

「報奨金のことか？　それは心配ない。帰ったらすぐに満額払われるさ」

「いや、この人にだよ。見舞金とか、保険金とか」

「ホケン？　何だそりゃ」

面食《めんく》らうルンに、団員は首を傾《かし》げる。

「まぁ葬儀代くらいは出るよ。積み立ててるしな」

「それだけ？　子供の養育費とかはどうするんだ？」

「そんなの自衛団《じえいだん》で面倒見れないって。もう良《い》いか？　お前らも帰り支度しろよ」

ルンの質問責めを煩わしげに躱《かわ》すと、団員は担架とともに洞窟の入り口へ向かっていった。

「この世界、保険ないのか……」

考えてみれば、当然のことなのかもしれない。生前世界で知られている保険が登場するのは、近世後期に入ってから。日本では明治時代にやっと誕生したシステムだ。この世界に存在しないとしても、不思議ではない。

それなら、自衛団《じえいだん》の団員が大黒柱の家庭は、稼ぎ手を失った後どうするのか。家族を亡《な》くした悲しみに打ちひしがれているところへ、貧しさが追い打ちをかけてくるのではないか。女手一つで家計を支えなければならず、子供は将来の選択肢を奪われてしまうことになるかもしれない。

「ルンさん」

不意に背後から、トーナが声をかけた。振り返ったルンを見上げるトーナは、幾分疲れている様子だった。

「眠いから、馬車に戻ろうよ。あたしもう疲れた」

「あぁ、うん。分かった」

あの大立ち回りを演じたのだ。疲れていない方がおかしな話だろう。

ルンはトーナと一緒に洞窟を出た。森を抜けて、隊列を組む五台の馬車の最後尾に乗り込むと、そこでトーナは気が抜けたようにため息をついた。

「初仕事にして大手柄だよ、ルンさん」

「そうだね」

「あの化け物の報奨金、知ってる？　一〇〇〇万だよ。クラウさん達と半分ずつに分けても、五〇〇万になる。結構な大金じゃない？」

「だと思うよ」

「いや～、あたし達大金持ちになれる日も近いね」

眠そうな顔のまま、妙なハイテンションで話すトーナ。疲労から来る睡魔と興奮状態がせめぎ合っているのだろう。

「トーナちゃん」

ポケットから出てきて、膝の上で丸くなったカーバンクルを、うとうとしながら撫《な》でるトーナに、ルンは思いついたままに提案した。

「会社作ろうと思うんだけど、一緒にやらない？」

「何の会社？」

「生命保険会社」

閉じかけた目を開けたトーナは、ルンの方に笑みを見せた。

「ルンさんの前職じゃん。成功しそうだね」

「うん。興味ない？」

「あたしは自衛団《じえいだん》で良《い》いけど、兼業できるのかな？」

「どうせしばらくは金ないから、自衛団《じえいだん》やりながらになるよ。商品開発と営業は俺がやるし」

「そっかぁ。じゃあ、あたしが社長でも良《い》いなら、やりたい」

ルンは迷うことなく頷《うなず》いた。

「俺は経営者とか向いてないから、良《い》いよ。トーナちゃんが社長なら広告塔にもなりそうだし」

「やったね。これであたしもJK社長の仲間入りだ」

得意満面のトーナに、しかしルンはつまらないことを指摘した。

「この世界、女子高生って概念あるのかな？」

「あるでしょ～……なかったら、それっぽい略称考えて」

一抹の不安を覚えたトーナに、ルンは少し考えてから、

「J（ジョン・ウィックばりに）K（キレのあるアクションをする）社長とか？」

「う～ん……ダサいけど、まぁ良《い》いや」

7

街に戻って、自衛団《じえいだん》の事務所で報酬を受け取ると、ルンはトーナと二人、借家を貸してくれるという地主のもとを訪ねた。

「わぁ、結構良《い》いじゃん！　ここにしようよ！」

小太りの地主に連れられて訪れたのは、街の東側の区画に立つ、二階建ての一軒家。土で造られた壁と、ベニヤのような木材の廊下は、如何《いか》にも安物物件といった風だったが、そんなことをわざわざ貸主の前で言うのも憚《はばか》られたし、ここは生前の日本ではないのだからと割り切って、敢《あ》えて物申すことはしなかった。

「部屋は二階に二つ、それから居間と台所と風呂《ふろ》場もある。一階にも部屋はあるが、日当たりが悪くてかび臭いから、まぁ物置として使ってくれ」

だみ声で言った地主の男が、そう言って契約書を差し出してくる。ラテン語で書かれていて内容が分からないので、トーナに読んでもらう必要がある。

「トーナちゃん、ちょっと」

カーバンクルを肩に乗せて、ハイテンションで二階へ駆け上がっていくトーナを呼び止める。キョトンとした顔で足を止めたトーナに手招きして呼び戻し、地主から受け取った契約書をそのまま渡す。

「内容読んで大丈夫そうだったらサインしてやって。気になるところがあったら教えてね」

「あ、ルンさん文字読めないのか。りょーかい！」

契約書を受け取ったトーナが、それを読みながら二階へ向かっていく。何はともあれ、トーナはこの家が気に入ったらしい。よほどおかしな契約内容でもなければ、これはもう決定だろう。

「それにしても、これで月の家賃が二〇万バルクって、高くないですか？」

「そんなことねぇさ。クラウの旦那の家だって、外円なのに六万だぜ？　東の街でこの家賃は値打ちもんだよ」

このヴィンジアなる街は、ファンタジー世界にありがちな城壁に囲まれた円形の都市で、その外周部は低所得者や自衛団《じえいだん》の腕自慢が住んでいるスラムのような場所だ。そこでも家賃がこの物件の三割となると、それなりに地価が高騰しているのかもしれない。

「でも家具ないしさぁ……」

「うちのお下がりで良けりゃ貸すよ？　契約書に書いてあったろ？」

オプションで家具を貸してくれるのはありがたいが、この調子ではそれなりに金がかかりそうだ。自前で安いのを揃《そろ》えるべきか、悩ましいところだ。

「言っとくけどな、文字も読めないよそ者に、ほんとはこんな家貸さねぇよ？　クラウの旦那の紹介だから、特別に貸してやるんだから、ありがたく思いな」

つっけんどんな物言いだが、確かに自分が貸す立場なら、同じことを思うはずだ。それをひっくり返させるほどに、クラウの信用は大きいらしい。

「クラウ達って、そんなに信用あるんですか？」

「当たり前だろ。東の街や外円の連中にとっちゃ、あの人達が一番の頼りだ。軍の連中は偉そうにしてるが守っちゃくれないからな。困ったら旦那に相談するもんだ」

さながら街の顔役というわけだ。そこまで信用されている上に、影響力も抜群。何とも良い縁《い》に恵まれたものだと、ルンは今更ながらに幸運を自覚した。

「ルンさん、書いたよ～」

と、二階からトーナが降りてきた。署名を済ませた契約書を、地主に渡す。

「いや～、家具も貸してくれるなんて親切な不動産屋さんだよね！」

「お、嬢ちゃんは分かってくれる？　君の旦那さんはケチつけてくるからさぁ、困ったもんだよ」

「いや、そういう関係じゃないから」

契約書を確認する地主の隣で、ルンがあらぬ誤解を否定する。

「よし、じゃあ家具の貸し出し費の一〇万を足して、月三〇万。一年分前払いと、敷金礼金《しききん》でそれぞれ三ヶ月分だから、合わせて四八〇万バルク、一括払いね」

「は？」

「は～い。ルンさん、頼んだ！」

「ちょ、ちょっと待って！」

とんとん拍子で話を進める地主とトーナ。値段を聞き咎《とが》めたルンが割って入る。

「な、何それ……？」

「だから、契約書に書いてあるだろ。なぁ、嬢ちゃん？」

「うん。別に良《い》いでしょ？」

「いやいやいやいや！　敷金礼金《しききん》なんてあんの？　ていうか、家具借りるのに一〇万もするの？」

「そりゃ全部貸すんだからな。ベッドもテーブルもソファも全部だ」

何なら調理器具も貸すぜ？　などと涼しい顔で言ってくる地主。東京で一ヶ月家具を借りても、最低限のものに留《とど》めればそこまでかからないものだろうに。

「良《い》いじゃん、ルンさん。お金はあるんだし」

ペルグランデ討伐の五〇〇万に、偵察任務の五〇万。そこから四八〇万を払うと、手元に残る金は七〇万になってしまう。

切り詰めれば二人でも一年は食うに困らない、などという皮算用は、一瞬にして破綻したのだった。

「まぁ、ルンさんだっけ？　困ったら何でも相談に乗るから、頑張れって」

そう言って肩を叩《たた》く地主。してやったりとばかりのニヤケ顔が、凄《すさ》まじく腹立たしかった。

8

とはいえ、契約書を破り捨てて「やっぱこの話なし！」などとわがままを言えるわけもない。倫理制限を解除されているとはいえ、理性を失ったわけではないのだ。

ルンは割り切って、次のステップに進むことにした。地主の倉庫に眠る埃《ほこり》まみれの家具の運び出しと設置は力自慢のトーナに任せて、その間にルンは市場調査がてら市場に買い出しに向かった。三時間弱かけて街を見て回り、最低限の買い物だけを済ませて家に戻ると、トーナはリビングに置いた灰色の固そうなソファに横になって、カーバンクルと一緒に古ぼけた本を読んで暇を潰していた。

「あ、お帰りルンさん。思ったより時間かかったね」

「あぁ、まぁね……もしかして、もう作業全部終わった感じ？」

「うん。ベッドも二階に運んだし、ついでに掃除もしといたよ！」

得意満面でトーナは言って、起き上がる。普通この手の引っ越し作業は、丸一日費やしても終わらないもので、ルンも自室の分は自分で片づけるつもりだった。それでもチートのトーナなら粗方済ませてくれると見込んでいたのだが、何事もなかったかのように涼しい顔をしている辺り、エージェント・スミスに勝てるほどの能力強化は伊達《だて》ではない。

「で、何買ってきたの？」

両手で抱える紙袋に興味津々《きょうみしんしん》のトーナ。ルンは傷だらけの古いテーブルに紙袋を置いて、中身を取り出していく。

「リンゴに、ズッキーニに、干し肉に、それからアオメとかいう魚の切り身。野菜の酢漬けと、安かったからお酒も少々。そういえば、アレルギーとかある？」

「特にないよ。嫌いなものもないし！」

「なら良かった」

買い込んできた食材に満足げなトーナに、ルンは締めくくりの報告をする。

「買い物ついでに色々訊《き》いてみたんだけど、この街の人達の月々の生活費って、大体二〇万バルクくらいみたいだね」

「へぇ」

あまり関心のなさそうなトーナの反応に、肩透かしを食《く》らう。

「大体三人家族でこの金額で、年間二四〇万バルクかかってることになる。四人だったら、三二〇万くらいかな？」

「ふむふむ。それで？」

「ここから一人減らした人数を二〇年間養うとして、四八〇〇万バルク必要になる。だから、五〇〇〇万バルクの生命保険を作ろうと思う」

興味のなさそうだったトーナは、その瞬間ハッと目を丸くして顔を上げた。

「そっか、保険！　忘れてたよ！」

「やっぱり……しっかりしてよ、社長」

ルンは苦笑して言った。

市場でクラウの名前を出して最低限の信用を得た上で聞き込んだところによれば、このヴィンジアという街の多数派である中流層の家族構成は、概《おおむ》ね三人から四人。低所得層はもっと増えるが、生活の質が落ちるため、月々の出費は結局大きく変動しないという。

それなら大黒柱を失った後の家族を母と子二人の計三人として、さらに子供二人が独り立ちするまでの期間として二〇年と線引きし、そこに少し余裕を持たせて五〇〇〇万バルクという保険金を算出したのだった。

「商品が決まったんだったら、残る課題は二つだね！」

トーナが立ち上がって言った。ルンもそれが何を指すかは分かっている。この保険をいくらで売るのか、そしてその保険金を払うための原資をどう確保するか、だ。

死亡保険の保険料として、払ってもらえるのは精々二万バルク。それがこの層の世帯に払うことのできる限界だろう。ここからどこまで値下げできるかは、男女の満年齢に平均寿命、平均余命を加味した複雑な計算が必要になってくるが、アクチュアリ出身でもないし商品開発の経験もないのに、そこまでの質を追求するのは無謀な話だ。

「保険料は一旦、二万バルクで売ろうと思ってるよ。ほんとは色々細かい計算が必要だけど、それはまだ無理だからね」

とりあえずの決め打ちである。それを聞《き》き咎《とが》めるように、トーナは首を傾《かし》げた。

「値段は別にどうでも良《い》いよ」

「え？」

「そんなことより社名だよ、社名！　看板がないと売れないじゃん！」

拳を握り締めて力強く言った。彼女にとって残る課題とはこのことらしい。

「それにあれも要るよ。企業理念！　それもかっこいいやつね！」

「そっちこそどうでも良《い》いよ……」

「良くないよ！　だってどんな会社かを表す大切な言葉だよ？　ルンさん、バーバ・ヤーガとかいう名前の人がいたらどう思う？　仲良くしたいと思う？」

言いたいことは分かるがその名前は例えとしては恐ろし過ぎないか。ルンは内心そんなことを思いつつ、

「じゃあ社名と企業理念はトーナちゃんが決めて良いよ。どうせ投資してもらうために必要なのは間違いないし」

「うん！　任せてよ！」

得意満面に答えると、途端に今度は難しい顔で腕を組み、思案するトーナ。表情豊かで一生懸命な様子を微笑《ほほえ》ましげに見守りつつ、買い出した食材を台所に運んでいく。

「よし、じゃあ異世界生命《いせかいせいめい》にしよう！」

「えっ」

リビングから聞こえてきた安直な名前に、ルンは紙袋を台所に置いて駆け戻る。

「な、何て？」

「異世界生命《いせかいせいめい》！　良《い》いでしょ？」

「いや絶対変な集団だと思われるって！」

「大丈夫だって。大学とか銀行とか保険会社にだって、『日本』って名前がついてるところが

いっぱいあったじゃん」

「それとはスケールが違うじゃん！　せめて他にも候補出してよ。それで話し合って決めよう？」

諭すように言うと、トーナも譲歩してくれた。

「じゃあルンルン生命とトナトナ生命」

「露骨に当て馬じゃん！　絶対二秒で考えたやつだし！」

ルンルン生命はありそうではあるが、この世界に「ルンルン」などという表現が存在しなければダサいだけだ。トナトナ生命に至っては意味が分からないし、そもそも発音しにくいから使いたくない。

「じゃあルンさんはどんなのが良《い》いの？」

逆ギレ気味に対案を求められると、返答に窮してしまう。

「もっと地に足ついたので良《い》いよ。街の名前に因《ちな》んで、ヴィンジア生命とか」

「ダメ！　ダサい！　地味！　却下！」

手堅い道を提示したらマシンガンのようにダメ出しをされた。

「とにかく！　異世界の保険会社なんだから、異世界生命《いせかいせいめい》ね！　決定！　社長命令だから！」

これはもう、梃子《てこ》でも動かないだろう。自衛団《じえいだん》に入った時の強引さからも、それは分かってしまう。

「分かったよ……じゃあ、異世界生命《いせかいせいめい》ね」

「うん！　だから正式名称は、異世界生命保険《いせかいせいめいほけん》株式会社……かな？」

投げやり気味な承諾をしたルンだったが、質問めいたトーナの言葉には首を振った。

「相互会社《そうごがいしゃ》にしようよ」

「何それ？」

「保険会社限定の形式だよ。株式会社は株主が会社の持ち主になるけど、相互会社《そうごがいしゃ》の場合は保険契約者が持ち主になる、って感じかな」

長期的な関係を前提として、相互扶助の精神を基礎とする保険ならではの形態だ。まだ高校生のトーナが知らないのも無理はないし、何ならルンがこの形態を知ったのも就活を始めてからのことだ。

「それって何か良《い》いことあるの？」

「株式会社じゃないから買収されないし、株主の顔色を窺《うかが》って経営しなくて良いことかな。それに配当を受け取るのも契約者になるから、保険料を払ってサービス受けるだけ、っていうただのお客様じゃなくなるのも特徴だね」

「あ、じゃあ業績不振で解任されたりしない？」

「絶対じゃないけど、株主の命令で解任はされないね。だって株主いないし」

「じゃああたしの思うままじゃん！」

目を輝かせて、何やら恐ろしいことを言ったトーナに、ルンは一抹の不安を覚えた。

「じゃあ社名は異世界生命保険相互会社《いせかいせいめいほけんそうごがいしゃ》として、次は企業理念だね。何かある？」

悪徳ワンマン社長にならないことを祈りつつ、トーナに訊《き》いてみる。

「企業理念かぁ。うーん……『保険で保健室に行こう！』とか」

「何で学校限定？　ていうかオヤジギャグじゃん」

「ダメかな？」

「ダメダメ！　安直に考えずに、ちょっと変化球も混ぜてみて」

「うーん……」

難しい顔で唸《うな》るトーナ。頭の上に登ったカーバンクルが、トーナの真似《まね》をするかのように腕を組んで、同じように首を傾《かし》げる。微笑《ほほえ》ましい光景に、これは長くなりそうだと察したルンは、台所へ戻った。

「ねぇねぇ、保険会社の企業理念ってどんなのがあるの？」

リビングの方からトーナが助け舟を求めてきた。地主から借りたお古の包丁を取り出しつつ、ルンは記憶を掘り起こす。

「帝国生命だと『お客様の未来をともに創る』とかかな。他の会社だと『一生涯のパートナー』とか『悲しみと共に貧しさが訪れないように』とか……」

「かっこいいのばっかだなぁ」

感心するトーナをよそに、リンゴを切り分ける。不揃《ふぞろ》いにざっくりと切り分けたリンゴを、これまたお古の皿に載せて、リビングに戻る。

「はい、リンゴ」

「お、ありがと！」

テーブルに置くと、ぱあっと表情を明るくして身を乗り出す。一番大きなリンゴを取って、一口齧《かじ》って咀嚼《そしゃく》すると、

「パサついてるね」

がっかりしたのが一目で分かるほどに表情が薄らいで、残りをテーブルに降りてきたカーバンクルに差し出す。

「まぁ、安かったし」

生前世界の日本と同じ品質を求めるのは酷だ。ある程度は妥協しなければなるまい。

「ていうか、それどうしたの？」

ルンもリンゴを取りつつ、ソファの隅に置かれた本に目を向けた。買い出しから帰ってきた時、トーナが読んでいたものだ。

「地主さんからもらったんだ。この世界では人気なんだって」

「小説？」

「まぁそれほど固くはないかな。絵本みたいな感じ？」

カーバンクルがリンゴを両手で受け取ると、トーナは本を手に取って、ページを開いて見せてくれた。挿絵に小さなラテン語がずらりと並んでいる。絵本とライトノベルの中間といったところだろうか。

「勇者が悪の魔王を倒しに行く話だって。こういうの、こっちにもあるんだね」

勇者と魔王も、そういった冒険活劇に子供達が憧れるのも、どこの世界でも共通なのだろうか。

「そこそこ内容は面白いけど、あたしが中学でやった演劇に比べたら、もう一歩足りないかな」

「演劇部だったの？」

「うん。陸上部と掛け持ち！」

得意顔でトーナは答えた。演劇部兼陸上部なんて、随分と珍しい組み合わせだ。

しかし、これでトーナのアクション俳優顔負けの大立ち回りのルーツが分かったし、彼女が叶《かな》えられなくなったという夢も、想像がついた。

「女優志望だったとか？」

「うーん、半分くらい正解かな」

それならアイドルか声優辺りだろうか。

「ハリウッドスターになりたかったんだよね」

「あ、スケールが違ったわ」

思わず口に出してしまった。

考えてみれば、やたら往年のハリウッド映画のセリフを真似《まね》するのも、その夢が根底にあったからだろう。

「高校卒業したらアメリカの大学で演劇を勉強して、二五歳でハリウッドデビュー！　三〇歳までに『ジョン・ウィック』に敵役で出演して、キアヌとバトルするのが夢だったんだよね〜」

英語は得意ではないと言っていたが、それでもここまで目標設定できている辺り、本気で目指していたのだろう。

「あのガンアクションも練習してたの？」

「当然！　あれのために『ジョン・ウィック』シリーズ全部三〇回は観《み》たし！」

それだけ視聴して練習すれば、あんな動きができるのも納得だ。

「あれ演劇でやったんだよねぇ。黒幕との最終決戦の場面なんか、拍手喝采だったんだから！」

「へぇ、どんな内容なの？」

「シン・ハムレット！」

どや顔で聞き覚えのある題目に聞き覚えのあるフレーズを組み合わせた異物を答えた。

「剣道部の男子に黒幕のオフィーリア役をやってもらって、ガンアクション対剣術の殺陣《たて》をやったの。かっこよくない？」

興奮気味に話すトーナのテンションについていけない。オフィーリアはハムレットの恋人だし、劇中で途中退場する人物であって、黒幕などではない。そもそもガンアクションが必要な芝居でもないし、デンマークが舞台で剣道部が殺陣《たて》を演じるとは、どういうことだ。

「俺が知ってるハムレットじゃないんだけど……」

「だから、シン・ハムレットだって！」

「シンってつけたら何でも許されると思ってない？」

「許されるよ！」

ここまで自信満々に断言されると、そう思えてしまう。今の女子高生の発想力は柔軟だと、ルンは実感した。

「まぁでも、半身不随でハリウッドのアクションスターは無理でしょ？」

あっけらかんと、トーナは言った。

「親がいたらそれでも頑張ったかもだけど、あたしより先に死んじゃったしね。親戚も誰があたし引き取るかで揉《も》めてたから、もう良《い》いかな、ってね」

「言いにくい話させちゃった。ごめん」

「別に良《い》いって。今は楽しいし！」

それは本心だろうが、彼女の中にまだ夢への未練があるのは、あの大立ち回りや大好きなハリウッド映画のセリフを引用する辺りからも察せられた。

トーナの夢が叶《かな》うことはもうない。この世界にハリウッドは存在しないのだ。それなら、新しい夢を見つけるきっかけを投げかけてあげるのが、一回り以上年上の年長者がなすべきことではないか。

「トーナちゃん、保険って何のためにあると思う？」

ルンがそう問いかけると、トーナは何を今さらとばかりに首を傾《かし》げる。

「病気とか事故とか身内が死んだりして困ってる人を助けるためでしょ？　ルンさん言ってたじゃん」

「そうなんだけどさ。困ってる人を助けることとって、実は色んな意味があるんだよ」

関心を向けるトーナに、ルンは続ける。

「例えばお父さんが病気で亡《な》くなったとする。一家の大黒柱が突然いなくなったら、生活に困るのはもちろんだけど、子供の将来はどうなると思う？」

「お金に困るってことだから、進学とか大変になるのかな？」

「そう。学費によるけど、私立は大抵厳しくなるし、医学部なんて国立じゃないとほぼ確実に無理でしょ」

トーナは頷《うなず》きながら、

「あたしの高校、私立だったからなぁ。学費どうするかって、親戚も揉《も》めてたよ」

嫌なことを思い出させてしまった。ルンは咳払《せきばら》いをしてばつの悪さを取り繕い、

「もし保険金五〇〇〇万円あったら、私立の医学部でも行けるかもしれないし、他の理系学部でも行けるようになるでしょ。大学じゃなくても、野球みたいなお金のかかるスポーツだって、不自由なく続けることができるようになる。医者とか宇宙飛行士とかプロ野球選手とか、そういう夢を守ってあげることができるんだ。悲しみに暮れているところにお金の問題が降りかかってきて、それで夢を諦めさせられるなんて最悪でしょ？　そんなことから遺《のこ》された家族を守ってあげられる。俺はそれこそが保険の一番の魅力だと思うんだ」

「夢を守ってあげる……」

無意識に熱のこもってしまったルンの言葉を、トーナは繰り返した。そしてそれを咀嚼《そしゃく》して飲み込むように何度か頷《うなず》き、得心したとばかりに笑顔を弾ませた。

「それって素敵だよ、ルンさん。保険ってかっこいいんだね！」

「でしょ？　オワコンとかじゃないから！　絶対この世界で成功するし、必要としてる人はたくさんいるよ！」

「うん！」

大きく頷《うなず》いたトーナは、ハッと目を見開いた。

「そうだ、企業理念思いついた！」

「え、ほんと？」

「『悲しさも貧しさもぶっ飛ばす！』」

拳を突き出して、得意満面に言ったトーナ。

「変化球混ぜてみたんだけど、どうよ？」

「良《い》いじゃん。俺好きだよ」

随分と変化が大きいが、コンセプトは分かりやすいし、トーナらしい勢いもある。生前世界なら破天荒に思えるが、ここは異世界なのだから、このくらい突き抜けた方が良《い》いかもしれない。

「よし、じゃあ決まりね！　これで会社は完成……」

と、言いかけたトーナは、リンゴを食べ終えたカーバンクルに目を向けた。

「ルンさん、この子マスコットキャラにしようよ！」

指差すトーナの指名を受けたカーバンクルは、顔を上げて耳を揺らす。

「マスコットキャラか。悪くないかも……」

「でしょ？　名前は、どうしよっかな。マスコットキャラっぽい感じが良《い》いから、『異世界くん』とか？」

やはり安直な発想が先行しがちだ。ここは名誉挽回《ばんかい》の好機と、ルンは代案を提示する。

「異世界《いせ》生命《かいせいめい》って、英語だとＩｓｅｋａｉ　Ｌｉｆｅ　Ｉｎｓｕｒａｎｃｅだから、頭文字の

ＩＬＩにカーバンクルの『カ』を頭につけて、『カイリ』でどう？　これならオスでもメスでも違和感ないでしょ？」

「カイリ……良《い》いじゃん！　ルンさん、意外とセンスあるね！」

気に入ってもらえたようで何よりである。当のカーバンクルの方も、何となしに気に入ってくれたのか、三本の尻尾を楽しげに振って見せる。

「後は運転資金を準備しないとね。お金持ってないのに五〇〇〇万払うなんて、詐欺みたいになっちゃうし」

ルンが認識していたもう一つの課題だ。

「そっか、お金か……どうするの？　自衛団《じえいだん》で稼ぎまくるとか？」

「すぐに用意しないといけないから、借りることになるかな。街の西の方に、金持ちが住んでるらしいから、商品の内容を詰めたら、そこで借りてくるよ。自衛団《じえいだん》の活動と並行して、商品の詳細を詰めて、契約書と営業資料を作るから、本格的なスタートは一ヶ月後くらいかな。それまでは宣伝がてら、街で話して回るよ」

「そっか。じゃあ、そっちは任せた！」

保険はルンの仕事。そう言いたげな態度だが、当然トーナにも手伝ってもらわなければならない。

「契約書とか資料作るのは手伝ってよ。俺ラテン語分かんないから」

「え〜……」

「頼むよ、社長」

「うーん……しょうがないなぁ」

唇を尖《とが》らせつつも応じてくれたトーナに、ルンは苦笑した。

異世界生命保険相互会社《いせかいせいめいほけんそうごがいしゃ》。企業理念は、「悲しさも貧しさもぶっ飛ばす！」。ルンとトーナの新しい人生が、とにもかくにも始まった。

第二章　名誉は金では手に入らない

1

ルンは目を開けると、全身の痛みに顔を歪《ゆが》めて、再び視界を閉ざしてしまった。

「いっ……たい……」

腰と背中と、後頭部。それに踵《かかと》がジンジンと鈍い痛みを反復させている。

ここはどこで、今まで何をしていたのか、思い出すより先に、駆け寄ってきた気配に意識が移る。パタパタと軽やかに近づいてくる足音は、やがてルンの傍《そば》で止まり、愛らしくも切迫した声が降り注いだ。

「だ、大丈夫ですか⁉　ひどい、こんな傷だらけで……今、手当てしますからね！」

声の主に心当たりはない。一体どこの物好きかと目を開けると、そこにはやはり知らない女の子が、懸命な顔で両手をかざしていた。

「大地の精霊、月の女神、太陽の母。温かく尊きその眼《め》で、かの災厄を慰めたまえ」

努めて穏やかな声で紡《つむ》がれた呪詛《じゅそ》は、彼女の小さな両手を仄《ほの》かに照らし、そしてそのか弱い光が、ルンの身体《からだ》に温《ぬく》もりを降り注ぐ。

「お……おおおおお!?」

その光の効能を自覚して、ルンは驚嘆する。

みるみるうちに全身の痛みが引いていき、それに合わせて擦り傷や打撲も消えていく。まるで最初から怪我《けが》などしていなかったかのように、何の痕跡も残さず消滅していく。

「ふぅ……これでもう大丈夫です」

やがて身体《からだ》中の傷が癒えたのだろう、少女はルンにそう笑いかけた。

ウェーブのかかった金髪を腰まで伸ばした少女は、見たところトーナと同年代だろうか。琥《こ》珀《はく》色の瞳は丸くて、温和そうな彼女の性格によく似合っているように思える。無地のシャツを着た体は発育が上手《うま》く進んでいないのか、年齢の割に平坦《へいたん》な体形をしていて、薄赤色のペチコートもどことなく不格好だ。

「ありがとう、助かったよ。えっと……」

礼を言ったは良《い》いものの、相手の素性を知らない。困り顔のルンに、少女は両手を行儀良く手前に重ねて名乗った。

「セリアル・ラニと申します。私が好きでやったことですので、どうぞお気になさらず」

心からの善意。そう示すような、下心をまるで感じさせない純粋な笑みだった。

「見かけない格好をされていますけど、ひょっとして上から落ちてこられたんですか……?」

名乗ったセリアルがルンのスーツ姿を見て、訝《いぶか》しむ。まるで珍しくないことであるかのような物言いに、ルンはようやくここまでの経緯を思い出した。

「ひょっとしてあれ、珍しくないの？」

「やっぱり、兵隊さんに捨てられたんですね……」

遡ること一時間前のことだ。

市の西側に広がる富裕層の居住地域。ここに融資を求めて訪れたのが始まりだった。貴族と成金《なりきん》が集まる高級住宅街となれば、融資してくれる金持ちにも巡り会えるはずと見込んだが、誰もが用向きを告げるなり「帰れ」と突っぱねて、三軒も回ったところで街を守っている帝国軍の兵士に呼び止められた。

帝国国旗と同じ藤黄《とうおう》色のシャツを鎖帷子《くさりかたびら》の上に着込み、甲冑《かっちゅう》と兜《かぶと》とロングソードで武装した彼らは、街の住人に何を吹き込まれていたのか、話も聞かずに出ていくように警告した。ルンはその警告に食ってかかり、その結果五人がかりでボコボコに痛めつけられ、挙げ句ゴミ捨て用の箱に放り込まれたのだった。箱の底は一定の重量で抜けるようになっていて、成人男性の体重だとあっさりと抜け落ち、ダクトを通してここまで放逐されたというわけである。

「あいつら酷《ひど》くない!?　商談に来た人間をあんな風に追い返してさ！」

怪我《けが》もすっかり癒えたルンは、怒り心頭でセリアルに申し立て、そして上を向く。高さ一〇メートル少々の絶壁。その中間に空いた丸い穴が、ルンが飛び出したダクトの口だ。あの高さから落ちて死なずに済んだのは、地面に溜《た》まったゴミ山と、セリアルの魔法のおかげだ。

「まぁとにかく、セリアルちゃんのおかげで助かったよ。お礼しないとね」

帝国軍の非礼をセリアルに当たっても仕方ない。何より彼女は命の恩人だ。

「お金……五〇〇〇バルクしかないけど、今はこれだけで。残りは明日払うから」

保険の概念などありもしないこの世界。あの大怪我《けが》を治療するなら、こんな金額では全く足りないはずだ。

「いえ、お金なんて！」

だがセリアルは、むしろルンに申し訳ないとばかりに両手を振って、受け取りを拒んだ。

「私が勝手にやったことですし……それに、私は魔導士じゃないから、お金を受け取ってはいけないんです」

「え、そうなの？」

「じゃあ私はこれで。次からは気をつけてくださいね！」

「あぁ、ちょっと！」

最後にぺこりと一礼して、セリアルは走っていく。後を追おうとしたルンは、足下の果物の皮に足を滑らせて転び、結局擦り傷をまた作ってしまったのだった。

「——あぁ、その子なら知ってるよ。お父さんが鍛冶職人で、俺の剣もその人が作ったもんだからな」

2

セリアルを見失ってしまい、約束の時間も近かったので、お礼をするのは後回しにして、トーナと合流すべく自衛団《じえいだん》の事務所に戻ったルンは、食堂に屯《たむろ》するクラウとその一行を見つけて、今日起こったことを話した。

どうやらあのセリアルという少女、界隈《かいわい》ではそれなりに有名な人物らしく、パーティ唯一の魔導士であるハンナも、クラウの証言に補足する。

「市の西側に魔術学院があるでしょ？　あの子、今年の春までそこに通ってたんだよ」

「あの教会みたいな学校に？　それすごいな。エリート中のエリートじゃん！」

この世界に来て、保険会社を立ち上げてからもうすぐ一ヶ月。この街の地理にもある程度精通してきただけに、ハンナの証言であの少女がどれほどの実力者か、ルンにも想像がついた。

このヴィンジアという街は、三〇〇万人弱の人口を抱えていて、帝国では帝都に次ぐ規模の大都市だという。公爵が治めるこの街は、貴族と豪商から成る総勢三万世帯の富裕層を抱えており、彼らが住まう都市の西側には、彼らのために設けられた教育機関が集まっている。

魔術学院はそのうちの一角であり、この学校を卒業した者は魔導士として華やかな将来が約束される。身分秩序が確立している帝国にあって、魔導士とは平民でも成り上がれる可能性が最も高い人気の職業であり、実のところハンナもそうした理由で魔術学院を卒業した手合いだという。

このように誉れある魔術学院に通っていながら、セリアルは無資格を名乗った。その理由は至極単純であり、クラウはルンの予想した通りの事実を告げた。

「去年の暮れに、彼女のお父さんが病気で亡《な》くなってな。それで学費が払えないから、退学したんだ。あと一年通っていれば、卒業だったのにな……」

クラウは残念そうに、表情を曇らせる。

「お金の工面はできなかったのか？　魔法が使えるんだったら、それこそ自衛団《じえいだん》に入るとか……」

「魔術学院の学費、年間で四〇〇万だぞ？　トーナちゃんならともかく、普通そんなに稼げねぇよ」

初回で一〇〇〇万バルクの依頼に巡り会うことができたルン達だったが、それはあまりに幸運だっただけのこと。大抵は一度の依頼で数万程度のものばかりで、それも他の団員と取り合いだ。しかも大抵はパーティで取り組むから報酬は分け合うことになる。日々の生活費とは別に四〇〇万バルクを稼ごうと思ったら、相当な実力と強運が必要だ。

「それに自衛団《じえいだん》に入るには、回復魔法だけじゃどうしてもな……自衛ができないとお話にならないんだよ。その点、あの子は回復魔法特化型だ。自衛団《じえいだん》じゃやっていけないよ」

「無資格じゃ魔法で生計も立てられないしね」

ハンナがつけ加えた。

「魔術学院に在籍してる間は特別に許可されるけど、そうじゃないとお金受け取ったら犯罪だからね。だからあの子、商人ギルドから仕事もらって内職やってるんだよ」

「宝の持ち腐れだな……誰か支援してくれる人はいないのか？　親戚とか、そうじゃなくても学費の支払いを待ってもらうとか」

「身寄りもないらしい。それに、魔術学院は金持ちの子供が通うようなとこだぞ？　学費が払えない家の子供のことなんて、歯牙《しが》にもかけないよ」

それは単なる事実を告げただけだったが、冷たい物言いにルンはムッとした。クラウもその表情を読み取って、自身の無遠慮さを素直に詫《わ》びた。

「すまん。だが実際のところ、帝国は貧乏人には冷たいんだ。貴族や成金《なりきん》連中は特にな。お前も痛い目見たろ？」

富裕層の住む住宅街で受けた帝国軍兵士からの暴行のことだ。クラウ達は同情的だったが、話を聞く姿勢にはどこか諦念のようなものを含んでいたのもまた事実だ。

「あそこはそういう場所さ。金持ちの金持ちによる金持ちのための街。あの中でも貴族と成金《なりきん》とじゃ明確な区別があるんだぜ？　そんなところによく金貸してくれなんて頼みに行ったよ」

ルンは渋い顔をする。

「あいつらは仲間内でしか金を貸さないからな。お前がどんなに良《い》い話を持っていっても、絶対に相手してくれねぇよ」

金の貸し借りは人間関係を破壊するものの代表例であるが、ビジネスならそんなことはないだろうに。不思議に思ったルンだったが、思い当たる節があった。

「ひょっとして宗教的な理由で金の貸し借りが嫌われてるとか？」

生前世界の宗教には、金を貸して利子を取る行為を禁止していたものもあったはずだ。同じような思想がこの世界にあっても、不思議ではない。

「半分正解だな」

食器を片づけて戻ってきた大男のラズボアが、ルンの向かいに座る。クラウのパーティのメンバーで、彼と同じ一等団員。巨大な戦鎚《せんつい》を振り回して戦う荒くれ者で、頬の傷跡が強者の風格を漂わせる。

「金の貸し借りの話だっけ？　そりゃお前、俺らのじいちゃんの時代の名残だ」

「昔何かあったの？」

「その時の皇帝が教書の一部を好き勝手に解釈して、金の貸し借りで利子を受け取る輩《やから》を迫害したんだよ。ほら、『貧しい者には情けをかけろ』だとかの部分だ」

「互いを敬え、みたいなやつ？」

「そうそう、それだ。何だお前、勉強頑張ってるんだな！」

ラズボアに大声で褒められて、ルンは妙な気恥ずかしさを覚えた。

契約書や営業資料はトーナに代筆してもらって完成させたものの、いつまでもそんな調子では立ち行かなくなるし、この世界で寿命まで生きなければならないのだから、言語の習得は必須。そんなわけで、地主から譲り受けた教書で、時間を見つけてはラテン語の勉強に勤《いそ》しんでいるのだが、そんな中で最初に読んだのが、ラズボアが挙げた一文だ。

貧しい者に情けをかけ、慈悲を恵む。一方の貧しい者達も、そうした富める者の慈悲に感謝せよ。そうして互いを敬い、愛せ。この国の宗教が説いている、身分や貧富や貴賤《きせん》を乗り越えた先にある、人間の理想だ。

「先々代の皇帝曰《いわ》く、利子を取るのは慈悲じゃない不道徳な行いなんだとさ。それで金貸しが利子を取るのを禁止してたんだと」

利子ももらえないのにどこの誰かも分からない人に金を貸すのは、確かに慈悲かもしれない。ただし、まるで現実的でない、如何《いか》にも綺麗なものしか見てこなかった温室育ちの人間の考える、幼稚で世間知らずな発想だ。

そんな理想につき合う物好きはいなくて、その結果が今も続いている、金貸しへのアレルギーと、同類にしか金を貸さないという富裕層の不文律なのだろう。

「馬鹿みたいな話だな……」

　まとまった金を手に入れられるのは、元から金持ちだった富裕層だけ。そうでなければ事業も始められないし、貧窮した時に頼る当てもない。これまでにこの国で、どれだけの可能性が潰されてきて、どれだけの人が見殺しにされてきたのか、考えたくもなかった。

「まぁでも、金貸しも今じゃ合法になったからな。俺らみたいな庶民相手にやってるのは、ゴブリンくらいなもんだけど」

　そう締めくくったラズボアに、ルンは難しい顔を上げて声を弾ませた。

「ゴブリンが金貸してくれるの？」

「え？　まぁ、そうだが……」

　ゴブリンといえば何かと野蛮なイメージがあるが、それは生前世界のライトノベルの話だ。この世界ではその限りではないということはドワーフの件で把握済みだし、ゴブリンと金なら世界的英文学作品のおかげで違和感もない。

　というわけで、融資してくれる当てがほしくて仕方ないルンが取る行動は、一つだった。

「住所教えて！　金借りてくる！」

「おいおい、待て待て。利子取られんだぞ？　分かってるか？」

「分かってるよ！　でも金が準備できれば、お前らも保険入ろうって思えるだろ？」

　立ち上がって身を乗り出したルンに、クラウは呆《あき》れたようなため息を吐いた。

生命保険を始めると決めてから、最初に話を持っていった相手がクラウのパーティだった。一等団員でよほどのことがなければ死なないし、彼らが契約したという実績は良《い》い宣伝になる。自衛団《じえいだん》はもちろん、街の東側に住む中間層にも口コミが広がるという腹積もりだった。

「前にも言ったろ？　俺は死ぬ気なんてねぇからそんなもん入る気はねぇ」

断る理由が単純明快。こういう手合いは説得に一番手間がかかる。中途半端《ちゅうとはんぱ》な知識で応戦してくる手合いは言い包《くる》められるが、クラウのように興味もない人間を振り向かせるのは、何かと骨が折れる。

「私は興味あるけど、まぁお金を払えるって保証がないとね」

ハンナがそう言うと、ラズボアもそれに頷《うなず》きつつ、代わりに情報を提供してくれた。

「金貸しやってるゴブリンは、街の外に住んでる。北にでかい崖があるだろ？　そこだ」

「何でそんなとこ住んでるの？」

「言ったろ？　金貸しは嫌われてんだ。西には住めないし、東や外円に住めば盗賊の食い物にされちまう。街を離れるしかねぇんだよ」

何とも世知辛いことだと思った、その時だった。

「あ、ルンさん！」

事務所のドアを開けたトーナが、ルンを見つけるなり元気な声を響かせた。いつものブレザーとスカートにローファー、そして右脚のホルスターには神から授けられしチートアイテムの自動拳銃を引っ提げ、肩には相棒にしてマスコットキャラであるカーバンクルのカイリを乗せて、パタパタと駆け寄ってくる。

「ちょっとちょっと、面白い依頼もらったから、今から一緒に行こうよ」

「面白い依頼？」

まるで良い店見《い》つけたから一緒に行こうとばかりのテンションで誘ってきたトーナに、ルンは訝《いぶか》しげな顔をする。

「街のゴロツキから商品を取り返すって依頼。報酬は一〇〇万！　面白そうじゃない？」

物言いから察するに、報酬より面白さで仕事を選んだらしい。何とも自由人だと、ルンはむしろ感心した。

「何だトーナちゃん、もう闇営業やってるのか？」

テーブルを挟んで様子を見守っていたクラウが苦笑を浮かべた。

「先週からやってるよ。今回の依頼人は宝石商のロートンさん。あのシュークリームみたいな顔した人！」

シュークリームが何なのか分からなかったのか、クラウ達の反応はイマイチだったが、少なくとも褒めていないことだけは伝わったらしく、笑い声が返ってきた。

魔族専門の賞金稼ぎである自衛団《じえいだん》だが、こうして対人間の荒事や用心棒のような依頼を引き受けることもある。この場合は自衛団《じえいだん》の領分ではなく、当然契約に事務所も介入しないので、闇営業などと呼ばれている。自衛団《じえいだん》としては推奨していないし、何かあっても何の手助けもしてくれないのだが、この手の依頼は実入りが良《い》いというのもあって、三等団員や二等団員の下《した》っ端《ぱ》が糊口《ここう》を凌《しの》ぐ術として常態化している。

こんな働き方があるのなら自衛団《じえいだん》に入る必要もなかったのではとルンも考えたが、自衛団《じえいだん》に身分を保証された団員とどこの誰かも分からない無法者とでは、依頼する側の心証も大きく変わるらしく、実際にこの手の依頼を打診されるのはほぼ例外なく自衛団《じえいだん》の団員だ。

「仕事しないわ善良な市民に暴力振るうわ、帝国軍も酷《ひど》いもんだな」

街の治安を守るのは帝国軍。魔族から街を守るのは自衛団《じえいだん》。そんな棲《す》み分《わ》けが機能していないのも如何《いかが》なものかと、ルンは毒づいた。

「どうかしたの？」

何事かあったのかとトーナが訊《き》くと、クラウが代わりに答えた。

「ホケンの売り込みに行って兵士に痛めつけられたんだってさ」

「そうなの？　じゃあ仕返しにいこう！」

「いや、帝国軍と揉《も》めるのは止めとけって！」

血気盛んなトーナをクラウが窘《たしな》める。ルンもその心意気はありがたいが、さすがに政府に喧《けん》嘩《か》を売るようなことはしたくない。会社どころの話ではなくなってしまう。

「仕返しは良《い》いよ。とにかく、仕事をしよう」

トーナの関心を依頼に戻させて、ルンは立ち上がった。

「受付で剣借りてくるから、外で待ってて。先に行かないでよ」

「はいは～い」

受付に向かおうとしたルンを、クラウが呼び止めた。

「ルン、今日も来るんだよな？」

「ちょっと遅くなるかもしれないけど、夕方には行く。また頼むよ」

「あぁ、分かった」

クラウの快諾に、ルンは手をかざして応じた。

3

ヴィンジア市は西が富裕層、東が中間層、外円が低所得者層と棲《す》み分けられている円形の城塞都市だ。自衛団《じえいだん》の拠点が外円に置かれているのは防衛上の理由もあるが、それと同時に低所得者で腕自慢の連中の受け皿として機能している側面があるためだと、クラウから教わった。

外円から馬車がすれ違えるほどに広い門を潜り、都市中心を十字に走る大通りを進んで、東側の商業地域に入ると、石畳を敷き詰めた道をまっすぐに進む。そこから路地裏に入って入り組んだ道を左、左、右と曲がった先にある場末の酒場が、今日のトーナの職場だ。

「すみませーん。ドン・ラブータさんはいらっしゃいますかー？」

西部劇に似合いそうなスイングドアを押し開いて、酒場に足を踏み入れたトーナが、いつもの調子で言って店内を見渡す。薄暗くて奥行きのない店内には、カウンター席が五つに、テーブル席が二つ。それらを占有する客は合計六人。テーブル席に二人と三人で座る物々しい風体の輩《やから》が、一様にトーナとルンを睨《にら》んだ。

「何だい、嬢ちゃん？」

カウンター席の真ん中に座っていたスキンヘッドの大男が、身を捩《よじ》って振り返る。右目には眼帯、腰には短剣。絵に描いたような盗賊の出《い》で立《た》ちで、左目の鋭い眼光でトーナを睨《にら》む。

「カシラ、こいつら噂《うわさ》のホケンじゃねぇですか？」

右側のテーブルに座っていたネズミ顔の小男が嘲るように言った。

「あれ、あたし達のこと知ってるの？」

「有名だぜ。死んだら金払うとか法螺《ほら》吹いて回ってんだって？」

要約するとそういうことだが、いくら何でも雑にまとめ過ぎだ。

「自衛団《じえいだん》なんかやってる能無しのくせに、五〇〇〇万なんて大金どうやって用意すんだ。そんな下らねぇ大法螺《ほら》、誰も信じねぇよ。もっと上手《うま》く嘘《うそ》つけや！」

ネズミ男が吐き捨てると、相席していたもう一人と一緒に爆笑する。トーナは肩をすくめるばかりだが、そのすぐ後ろに立っているルンの方は、不快感を隠さず顔を顰《しか》めていた。

「なぁおい、教えてくれよ。どうやってお前らみたいな日銭稼ぐしかできねぇ連中が、そんな大金ポンポン用意できんだ？　数字の計算もできねぇのかよ、おい！」

「何なら俺らが買ってやろうか？　そこの嬢ちゃんつけたら、一万くらいなら払ってやんよ！」

次々と浴びせかけられる冷やかしと嘲笑に、ルンはため息とともにトーナの方を向いた。

「トーナちゃん、こいつらどう思う？」

「口だけは達者なトーシローばかりよく揃《そろ》えたもんですなぁ。全くお笑いだ」

どや顔で洋画の悪役のセリフを引用して、感想を述べるトーナ。ドン・ラブータとその一味が元ネタを知っているわけもないが、その言葉に侮《あなど》りが込められているのは理解できたらしく、酒場を包んでいた嘲りがゆっくりと収まっていく。

「嬢ちゃん、俺達が誰か分かってんのか？」

「ただのカカシですな」

「あぁ⁉　何だとおい！」

ネズミ顔とその相方らしき相席の男が、椅子を倒す勢いで立ち上がり、得物の短剣を抜く。

それでもルンは物怖《ものお》じせず、冷静に切り返した。

「うちは相互会社《そうごがいしゃ》で、相互扶助の理念が根底にあるんだ。だからお前らみたいな反社はお断りだし、俺達はこの世界の善良な市民のための会社だ。善良な市民から奪った商品、大人しく返せ」

指差す先は、ドン・ラブータの足下にある灰色の布袋。その中に一〇〇〇万バルク相当の宝石が詰まっていることを、依頼主から聞いている。

宝石商の使用人を殺して商品を盗んだこの盗賊団への制裁と、商品の奪還。それがルン達に依頼された仕事だ。

「この野郎、さっきから聞いてたら調子に乗りやがって」

三人一組で座っていた手下どもが、殺気立った目で睨《にら》んでくる。そのうちの一人が短剣を抜いて、ドン・ラブータに言った。

「カシラ、このガキで間違いないですわ。カーバンクルを盗んでいきやがったガキです」

「おう、そうか。じゃあ、お前らでケジメつけろや」

「へい！」

そのやり取りを聞き咎《とが》めたトーナが、ルンに言った。

「ルンさん、こいつらあれだ。カイリを捕まえて売り飛ばそうとしてた奴《やつ》らだよ」

トーナと初めて会った時に殺されそうになっていた、チンピラ三人組だ。ちょうど思い出したルンに、三人は短剣を向けて歯を剝《む》く。

「てめぇら、よくも恥かかせてくれたな。手足バラバラにして、川に棲《す》みついた竜の餌にしてやるからな。覚悟しろや！」

生前なら恐怖に慄《おのの》いてもおかしくない、無法者の恫喝《どうかつ》。しかしルンは顔色一つ変えず、トーナから投げかけられた問いに応じた。

「ルンさん、あの三人はレッドカードで良《い》いよね？」

「もう良《い》いよ。反省してないから」

「よし。じゃああんたら三人皆殺しで、他は半殺しで許してあげるよ」

「ガキが勢いこきやがって……さっさと片づけろ！」

怒りを露《あらわ》にドン・ラブータが吼《ほ》えると、それを合図とばかりに盗賊どもが飛びかかる。

「片づける？　片づけるだと？　前任者達はもっと敬意を払ったぞ！」

トーナもそれに応戦すべく、洋画のセリフを引用してポケットに手を突っ込む。

取り出したのは、スカートポケットに入るはずのない質量の得物。弾帯で繋《つな》いだライフル弾をぶら下げた軽機関銃。腰だめで構え、引き金を絞る。

軽快でけたたましい銃声が響く。ホースで水を撒《ま》くかのように銃身を左右に振り、迫りくる賊どもを蹴散らしていく。

所要時間、一〇秒と少々。五人の手下は全員床に倒れ、椅子もテーブルもボロボロだ。

「イピカイエ〜。ざまあみろ！」

洋画のセリフを吐き捨ててトーナが締めると、ルンは店の奥まで入っていく。

「運が良《い》いな、ドン・ラブータ。一発も食らってない」

部下を全員、一瞬で返り討ちにされたドン・ラブータは、一発も被弾することなく床に座り込んでいた。得体の知れない武器による掃射を目の当《ま》たり《あ》にして、完全に怖気《おじけ》づいていたが、ルンがそんな皮肉を投げかけると、歯を剝《む》いて短剣を抜いた。

「ふ、ふざけんじゃねぇ！」

切っ先を向けて突っ込んでくるドン・ラブータ。沽券《こけん》に拘《こだわ》る捨て身の特攻。ルンは腰に差したロングソードを抜いた。

抜きざまの一薙《な》ぎで、短剣を弾《はじ》き飛《と》ばす。丸腰になったドン・ラブータが勢いのまま突っ込んでくると、足を掛けて転ばせた。

顔面を床に打ちつけたところへ、背中を踏みつける。呻《うめ》くドン・ラブータに、ルンは低い声で告げた。

「次会ったら殺すからな。二度とその面見せるな」

止めに腹を蹴りつけてやる。短い悲鳴を漏らしてドン・ラブータが動かなくなると、床に置かれた布袋を引《ひ》っ摑《つか》んだ。

銃声が背後から響いた。軽機関銃のものではない、拳銃の短い銃声。振り返ると、トーナが面識のある三人の頭を、至近距離から撃ち抜いていた。

「はい、ゴミ掃除終わり。他は見逃すとして、腕くらいへし折ってやった方が良くない？」

「良《い》いよ、時間ないし。ここまでやったらさすがに懲りるでしょ」

そんな簡単に人間を殺すのは良くないと思って、トーナには対人で実弾を使わないように言っている。軽機関銃から放たれたのは非致死性のゴム弾だから、床に倒れている賊達は気絶しているだけだ。ただし、次に同じような依頼が来たら、その時には容赦しない。たった今頭を撃ち抜かれた三人と同じように、今度は死んでもらう。倫理的な抵抗はないが、人間性を積極的に捨てる必要もない。そう思っての線引きだ。

「よし、帰ろう」

「は～い」

「おい待て！」

カウンターに隠れていた酒場のマスターが顔を出して怒鳴る。

「てめぇら、店めちゃくちゃにしやがって！　弁償しろ！」

酒場の入り口からトーナが右手を突き出して応じる。

「この手に言え！」

「いや意味分かんねぇよ！」

「黙れ、ってこと。じゃ、そういうことで！」

後ろの棚の酒は全滅。今もちょろちょろと床に酒が滴《したた》り落《お》ちている。弁償なんてさせられては堪《たま》ったものではないので、きっちり締められたと見て退散した。

裏路地から表通りへ出て、依頼主のもとへ報告と宝石の返還に向かう。西側の住宅街にほど近い宝石店が、次の目的地だ。

「これで一〇〇万バルクはちょろいね〜。時給換算いくらくらいかな？」

軽やかなスキップをしながらトーナがそんなことを言うが、ルンの頭は嵩《かさ》む経費のことでいっぱいだ。

「最寄りの通りで馬車を拾って西まで行ったら六〇〇〇バルク。今朝は九〇〇〇バルク払ったから、今日だけで一万五〇〇〇バルクの出費かぁ」

「そんなのはした金だって！　何なら歩く？」

元気盛りの一六歳。おまけに身体能力も人間離れするほどに強化されたのだから、街の反対側へ向かうことを面倒にも思わないのだろうが、片道三時間の道程を歩こうと思えるほどの気力はない。

こんな時、ヴィンジアの商人達が頼るのが馬車だ。生前世界のタクシーに相当し、通過した区画の数に応じて運賃を支払うという仕組みだ。都市の中心から東西南北に伸びる大通りと、それに並走する形で数区画ごとに整備された通りを行き交い、人でも物でも運んでくれる商人の味方だ。

「ていうかマイ馬車ほしくない？　荷物と一緒に乗るのもいい加減しんどいしさぁ。免許とか要らないんだし、どうよ？」

自前の馬車を持てるのは西の街の金持ちだけだ。今の家を貸してくれている地主ですら持てない高い買い物なのだが、それを引き合いに出すのは叱咤《しった》のつもりか、期待の表れか。
貨物輸送の需要が高まる一方、馬車の組合も事業拡大の資金を確保するのに難航していると
は、先日の挨拶回りの折に組合の幹部から聞いた話だ。そのせいもあって人を乗せる馬車に荷
物が積まれているなど日常茶飯事で、酷《ひど》いと荷物の上に座るように言われることもある。話を
聞いた時は西の街の連中の狭量《きょうりょう》さを知らなかったから、単に需要がないと思われているのでは
ないかと考えていたが、需要はあると分かっていても東の街の人間に興味がないから金を出さ
ない、というのが実情なのだろう。
「トーナちゃん、そのマシンガンしまって。目立つから」
道行く人々から好奇の目を向けられ、子供達を引き離される。見てはいけませんと言われる
不審者の立場に、死後置かれるとは思っていなかった。
「あ、ごめんごめん。暴発するとヤバいもんね」
トーナはそう言って、軽機関銃をスカートポケットに押し込む。
厳密には、スカートポケットではなく、その中に忍ばせている小さな巾着の中に、軽機関銃
をしまったのだ。これも神からもらったチートアイテムで、容量は無制限。重量も感じないと
いうことで、さながらネコ型ロボットの四次元ポケットだ。
では軽機関銃はどうやって仕入れたのかというと、これもまた神からトーナにだけ与えられ
た特典だ。

どうやらこの世界の金で、生前の世界に存在する武器を購入することができる、というものらしい。価格は生前世界のアメリカの市場に準拠し、一バルクを一ドルに換算しての取引なのだという。装弾数は無限ではないし、破損もしてしまうし、ポリマーフレームの自動拳銃と同じく、購入した武器を使うことができるのはトーナだけ。だが金さえ出せば対物ライフルでもロケットランチャーでも使えるのは、剣と槍《やり》と弓矢が主流のこの世界では、十分過ぎるチート特典だ。

不満があるとすれば、この武器一式の購入費用のおかげで、残っていた生活費も綺麗《きれい》さっぱりなくなったことくらいのもの。先日も対戦車ミサイルがほしい、などと物騒なことを言っていたし、今回の報酬も大半は銃と弾薬に消えることだろう。無駄遣いを窘《たしな》めたいものの、日々の生活の糧《かて》をトーナに稼いでもらっている現状では、どうにも下手に出ざるを得ない。

「で、お金の相談はどんな感じだったの？」

問いかけられて、ルンはため息とともに答えた。

「兵士にボコられたってことでお察しください」

「あ、やっぱり？」

この世界に保険というシステムは存在せず、まだ生まれたばかり。富裕層から融資してもらうに当たって、理解を得ることが難しいのは覚悟していたが、話も聞いてもらえずに門前払いをされるのは想定外だった。

「社名と企業理念は完璧だと思うんだよね。面白いし、かっこいいじゃん」

異世界生命保険相互会社《いせかいせいめいほけんそうごがいしゃ》。とっくに慣れたこの名前も、この世界の住人からすればふざけた名前にしか思えないだろう。「悲しさも貧しさもぶっ飛ばす！」という企業理念も、貧しさに苛《さいな》まれている現状では、何とも説得力がない。

「それはそうだけど、お笑いコンビじゃないからね」

「でもインパクトはあるじゃん」

それは確かにそうだが。まぁ、社長はトーナだ。決めたことをグチグチ言っても仕方ない。資金調達という課題を解決して、保険金の支払いができると信用してもらうことが目下の最優先事項だ。

4

というわけで、依頼を終えたその足で、資金調達に赴いた。

場所はヴィンジア市の城壁を北から出て、荒野を進んだ先にある断崖。そこに穿《うが》たれた洞窟に嵌《は》め込まれた門を叩《たた》くと、応対に出たのは意外にも人間だった。

「どちら様でしょうか？」

ゴブリンを予想していたところへ出てきたのは、黒地のメイド服を着た褐色肌の女性。藍色の髪をシニヨンでまとめた赤い瞳のメイドは、人形のような美貌に無表情を張りつけたまま、二人をジッと見つめて返答を待っている。

「あの、クロアさんのお宅はこちらですか？」

無言で首を傾《かし》げるメイドに、ルンは続ける。

「異世界《いせかい》生命保険相互会社《せいめいほけんそうごがいしゃ》のルンと申します。こちらは社長のトーナ」

ルンに続いて、トーナも肩のカイリと一緒にぺこりと一礼する。

「自衛団《じえいだん》の事務所で、クロアさんのことを教えてもらいました。実は事業資金の調達に難航しておりまして、是非ともお力添えをいただきたいのですが、相談に乗っていただけませんでしょうか？」

「どうぞ、こちらへ」

今までにないすんなりとした応対に、やや肩透かしを食らいながら、言われるままに案内してもらう。

洞窟の中とは思えない内装で、天井の魔法石が廊下を仄《ほの》かに照らす。電気技術の未発達な世界で、その代わりに魔法がこうして活躍するところを見ると、異世界に来たことを実感させられる。

「うーん……」

「トーナちゃん、どうしたの？」

隣を歩くトーナが腕を組んで首を傾《かし》げるのを見咎《みとが》めて、ルンは声をかけた。

「社長って紹介されるの、初めてでしょ？　どんな自己紹介したら良《い》いのかな、って」

「あー……」

意外に律儀《りちぎ》なところもあるようだ。思えば異世界生命《いせかいせいめい》の社長として、商談の場に出てきてもらうのはこれが初めて。彼女なりに真剣に会社のことを思っているからこそ、挨拶の礼儀礼節に悩んでいるのだろう。

「話は俺がするから、トーナちゃんは挨拶だけしっかりやってくれたら良《い》いよ。いつもやってるみたいにさ」

「あ、そうなの？　分かった！」

商談は大人の仕事。看板のトーナには、最初から出席してもらうつもりはない。悩み事は解消できたらしく、トーナはいつもの天真爛漫《てんしんらんまん》さを取り戻して、むしろ得意満面に大股で歩き出した。

しばらく進んだ後、目の前に現れた両開きのドアをノックして、メイドがゆっくりと押し開く。

奥行きと幅のある部屋は、臙脂《えんじ》色の絨毯《じゅうたん》を敷き詰め、奥には光沢を纏《まと》ったデスク。そこに座るのは、扉の位置からでも一目で分かる人外だ。

黄緑色の肌に、唐辛子のように尖《とが》った鼻と耳。獣のような黄色く鋭い目。体形はデスクに見合わない子供のようで、着ているシャツも傍《そば》に掛けているコートも、どうにも不似合いだ。

人間以外を魔族と一括《くく》りにするこの世界で、ドワーフや他の種族と違って言葉を解《かい》し、感情を有し、人間と共存できる数少ない種族・ゴブリン。金貸しとして忌《い》み嫌《きら》われることなど、人間でないという理由で迫害されてきた彼らにとってみれば、大したことではないのだろう。

だからこそ、かつての金貸しへの迫害の後にもこうして、金貸しとして財産を築き、嫌われながらも生き長らえてきたのだ。

「お客様です、旦那様」

メイドが告げて、ルンを奥へ促す。

「ほお、とうとう来たか」

ゴブリンのクロア氏は、ルンとトーナを見るなり声を弾ませた。まるで待ちわびたとばかりの反応に、ルンは手応えを覚えつつも困惑する。

「君達の噂《うわさ》は聞いているよ。異国から来て、ホケンとかいうものを売りたがっている自衛団《じえいだん》の二人組だとな」

手で応接ソファへ促すゴブリン。と、そこへトーナがビシッと手を挙げた。

「異世界生命《いせかいせいめい》の社長のトーナです！　出身は東京都練馬区！　特技は棒高跳びと長距離走！　好きな科目は体育と生物！　嫌いな科目は英語と国語！　最近気になることは英語の安田先生と体育の森嶋《もりしま》先生がいつつき合っていることをカミングアウトするのか、です！　よろしくお願いします！」

突如として大声を上げて自己紹介をしたトーナに、ルンは言葉を失う。そりゃあ、学校でやる自己紹介ならそれで大いに構わないが、商談の席でそんな自己紹介はしない。というか安田先生と森嶋《もりしま》先生のことなんて、この場にいる誰も分からないではないか。

「ちなみにこっちはうちのマスコットキャラのカイリです！　こっちもよろしく！」

トーナの肩の上で、カイリが膝に手を置いてお辞儀する。いつの間にそんな芸を仕込んでいたのやら、などと呆気《あっけ》に取《と》られていると、

「何だね？」

「あの、こちら弊社代表のトーナと申します。今日はご挨拶をと思いまして」

「元気があって良いじゃないか。まぁ、何を言っているのかはよく分からなかったがね」

苦笑で取り繕いつつ、「後は任せて」とトーナに目で合図する。

「じゃ、後は任せた！」

本人的には完璧な自己紹介だったのだろう。悠然と部屋を後にした。

「さて、それでは本題といこう」

立ち上がって、ソファへ座るクロア氏。向かいにそそくさと座ると、相手の方から本題を切り出してくれた。

「君達のことは知っている。海の向こうから来た、得体の知れない武器を扱う魔族狩りの二人

組だろう？　何やら死と引き換えに大金を恵んでやると嘯《うそぶ》いていると聞いたが、ここへ来たということは、その金の工面に困っているということかね？」

「そんなところです……」

物言いは不愉快だが、事実なだけに言い返すこともできない。

ルンは咳払《せきばら》いと深呼吸をして、気持ちを切り替えると、ゴブリンの言葉に応じるように経緯を語る。

「実はここへ来る前に、西の街に行ってきました」

「手酷《てひど》く断られただろう？」

「ええ。この国の人が金の貸し借りをやたら嫌っている理由を、さっき自衛団《じえいだん》の事務所で聞きました」

メイドが茶を淹《い》れたカップを持ってきて、テーブルの上に置く。ゴブリンはカップを手に取り、一口啜《すす》る。

「それで、人間には相手にされないから、この私に金を借りに来たのかね？」

どことなく刺々《とげとげ》しい物言いに苦笑を取り繕い、

「利息はどのくらいになりますか？」

「まだ貸すと決めたわけではないが、最低でも年に一割だな」

事業融資としてはかなりの高利率に思えるが、リボ払いの利率と比べれば良心的だ。内心そう割り切ったルンに、クロアは顔色一つ変えずに続ける。

「いくら借りたい？　払うと触れ回っているのは、五〇〇〇万バルクだったか？」

「一〇〇億バルクです」

「……は？」

桁違いの要求に、クロアはカップを取る手を止めた。

「お借りしたいのは一〇〇億バルクです。八〇億は責任準備金として残して、残り二〇億を投資に回します」

「一〇〇億……そんな大金、借りたいと言いに来たのは君達が初めてだ」

戸惑いの中に好奇心を抱きながら、クロアが苦笑する。

「仮に一〇〇億貸すとして、利息は年に一〇億バルクか。そんな大金をどうやって？」

「八〇億の準備金があれば、保険金を支払う約束にも真実味が出ます。保険加入を拒否される理由は、保険金を支払える根拠がないことにありまして、それが解消できれば、入ってくれる当てがいます。その人達を足掛かりに、一気に増やしていきます」

ルンはポケットから折り畳んだ紙とペンを取り出し、テーブルに置いて計算を始める。

「主な販売対象は自衛団《じえいだん》所属の団員と、東側の中流層です。団員は総勢一〇〇人弱、東側の街の世帯数は約七〇万。今交渉中の相手が加入してくれれば、他の団員も興味を持つでしょうし、同時に東の住人達の関心も集められる。仮に一万世帯と契約できれば、月の収入は二億バルク、年間で二四億バルクの収入を得られますので、一〇億バルクに加えて元金も返済していくことが可能と見込んでいます」

「ホケンとやらにそれほど契約してもらえる魅力があると？」

「もちろんです。自分に何かあった時に、代わりに家族を守ることができるのですから」

力強く答えてルンは続ける。

「家族を守る立場の人が亡《な》くなれば、遺族の生活は大きく変わってしまう。場合によっては、夢を諦めなければならなくなる。もうすぐ手に入りそうだった資格も得られず、何も成し遂げられない、何にもなれない、何もさせてあげられない。大切な家族を失って悲しい思いをしているところに、そんな追い打ちをかけるようなことが起こるのを防ぐことができるんです。それが生命保険の意義です」

あのセリアルという少女もそうだ。もうすぐ手に入れられたはずの魔導士という身分を、父を失って学費が払えなくなってしまったことで、諦めなければならなくなった。もし彼女の父親が生命保険に入っていて、保険金が得られていたなら、そんな悲劇は起こらなかったはずだ。

ペルグランデに殺された自衛団《じえいだん》や村人の家族も、同じような境遇に置かれているはずだ。彼らだけではない。この一ヶ月、トーナと一緒に取り組んできた自衛団《じえいだん》の活動を通して、凄惨な光景はいくつも見てきたし、その度に遺族が生まれてきた。

彼らにはその後の生活の保障などない。上流階級が利息を取ることを禁じられたのに託《かこつ》けて、内輪での助け合いしかしなくなった時から、弱者を助けるという社会システムはとっくに廃れた。彼らは商人に安くこき使われて内職に励むか、それができないなら身体《からだ》を売るか、子供を売りに出すしかなくなる。

そんな地獄のような社会から彼らを救うことができるというのなら、生命保険は金よりも遥《はる》かに大きく尊い利益を、この世界にもたらすことができるはずだ。

そう信じているルンに、クロアはため息を返した。呆《あき》れ半分、そして感心半分といった態度だ。

「一〇〇億なんて大金を貸せと言ってきた者は同胞にも聞いたことがないが、ここまで道徳を説いて金を借りにきた馬鹿も歴史上で君が初めてかもしれないな」

「確かに利益で言えば、保険はそこまで魅力的ではないですね。勘違いされがちですが、保険を損得で考えるのがまず間違いですから」

「それなら私は何のために金を貸せば良い？　弱い者を助けるために私財を捨てろと？」

「名声を得るための投資、と考えていただけませんか？」

クロアはうっすらと笑みを浮かべた。何を言おうとしているのか見透かしているのだろう。

それでも構わず、ルンは続ける。

「保険金が実際に支払われれば、加入者は必ず保険に感謝します。そして当然、その原資を出してくれたクロアさんにもです。加入件数が増えるほど、支払われる人が増えるほど、あなたはたくさんの人に感謝されるでしょう。一〇〇年後にはきっと、あなたは帝国の英雄になっていますよ。賭けても良い」

「一〇〇年後、か。その時私はこの世にいないな」

「英雄らしくて良いじゃないですか。私もトーナも、その頃にはいません。一緒にあの世でクロアさんの銅像を眺めるのも、良《い》いじゃないですか」

クロアは静かに笑って、

「君は人の心というのがよく分かっているようだな。私が金と名誉で後者を選ぶと、そう踏んだんだろう？」

「人は金を手に入れたら最後には名誉が欲しくなる。祖国の物語に出てくるセリフです。あなたのように理不尽に迫害を受けてきたお方なら、なおさらでしょう。金を貸して利益を得るなんて、我々の国ではエリートの仕事ですよ。もっと敬われるべきです」

少し言い過ぎたか、と内心反省するルンに、クロアは静かに笑って提案した。

「ではこうしよう。ひとまず、私から金を借りたと喧伝《けんでん》すると良《い》い。それで一ヶ月で八五〇件、契約を取ってみなさい」

一万世帯が加入したら、というたとえになぞらえての数字だろう。一人で売るには無茶な数字だ。

「君がそこまで熱心に売れるというのだから、そのくらい売るのは容易《たやす》いだろう？」

挑発的な物言いには、ルンの自信への皮肉と、期待が窺《うかが》えた。

「ありがとうございます、クロアさん。必ず期待に応えて見せます」

「そうしてくれ」

執務室の扉を開けると、廊下で待っていた社長のトーナの楽しげな声が、ルンの耳に届いた。

「へぇ～、マナリアさんって、クロアさんの養子だったんだ。てっきり性的な方の世話もする奴隷かと思ってたよ」

「旦那様は同族の同性を好みますので、それはございません。例えるなら、あなたがドワーフとの同衾《どうきん》を所望されるか、考えてみれば分かるかと」

「それはないな～。あたしジェイソン・ステイサムみたいなかっこいい男が良《い》いし」

さっきまでの緊張が嘘《うそ》のような失礼極まりない会話が聞こえてきて、ルンは青ざめる。

「あ、ルンさんお疲れ～。ねぇねぇ、このメイドさん、クロアさんの養子だったんだって。孕《はら》み袋じゃなかったよ」

「なんてこと話してんの⁉」

さすがに声を荒げてしまった。メイドの方は顔色一つ変えていないが、クロアにしてみれば侮辱も良《い》いところだ。

ルンはおそるおそる、見送りについてきたクロアの方を向いた。ブチ切れていてもおかしくないはずのその表情は、どういうわけか訝《いぶか》しげだった。

「君はゴブリンと人間が交配するとでも？」

「あぁいや、あたし達の国でそういう小説とかが流行《はや》ったことがあって……ね、ルンさん！」

さすがにばつが悪いと思ってか、トーナが助け舟を求める。しかしルンが擁護と謝罪に走る前に、クロアが追い打ちをかけた。

「君達はどこの出身だ？　周りの島々でもそんな物語は聞いたことがない。人間と魔族の交配など、それほどに異端の発想だ」

この世界の魔族が人間をどう扱っているかは、これまでの自衛団《じえいだん》での活動で見てきた。完全に獲物としか見ていない。そうでなければ、クロア達ゴブリンのように、金儲《かねもう》けの相手としてしか見ておらず、トーナが想像したような性奴隷などありえないのだ。

「そのような趣味を持っていると知られれば、それだけで商売にも悪影響が出る。ボロを出さないようにしなさい」

疑っても意味のないことと思ってくれたのか、クロアはそれ以上追及せず、そんな助言を告げるに留《とど》めてくれた。

「あ、ありがとうございます。気をつけます」

「マナリア、見送りを」

「かしこまりました、旦那様」

クロアの邸宅を出た時には、陽は傾き始めていた。

「さっきマナリアさんから聞いたんだけど、この辺って全部クロアさんの土地なんだって」

荒野の中に崖から城壁までまっすぐに引かれた一本道を歩きながら、トーナが雑談で仕入れた情報を教えてくれた。

「ほんとはここに街を作る予定だったんだけど、それが流れちゃって、今はこんな感じなんだって。何かもったいないよね」

金貸しへの迫害の影響だろうとは、すぐに察しがついた。遺《のこ》された荒れ地の奥に佇《たたず》む、崖の邸宅。城壁との距離は、クロアと街の住人達の心の距離に思えた。

「で、八五〇件もほんとに売れるの？」

トーナが社長らしく、クロアと交わした約束について訊《き》いてきた。

「う～ん。無理かも」

「だよね～」

あっさり答えたルンに、トーナは咎《とが》めるでもなく同調した。

「ていうか、ノルマ八五〇件って普通じゃないよね？」

「保険のノルマっていくら分契約したかによるからね。あと、売った商品の種類とか」

月額二万バルクの支払いで、死亡時に五〇〇〇万バルクを遺族に支払う。そんな単純な死亡保険しか商品がない以上、契約件数でしか評価のしようがないのだから、仕方ないだろう。

5

「お前、本当に大丈夫なのか？　返せなかったらどうなるか分かったもんじゃないぞ」

「大丈夫だって。絶対に売ってみせるから、さ！」

人型を模した巻藁《まきわら》を相手に大きく一歩踏み込んで、ロングソード代わりの木の棒を振り抜く。腰を入れた力強い一薙《な》ぎを、縄を巻きつけた部位に叩《たた》き込むと、衝撃がジン、と右手に響く。

「あのクロアを相手に一〇〇億も借りるなんて、お前肝据わってるよ。どんな神経してんだ」

呆《あき》れ気味の賛辞に、ルンは汗を拭って得意顔を返す。利子つきでの金の貸し借りなど、無縁の人間からすれば恐ろしい行為だ。クラウの反応は当然であるものの、金融業界勤めで、おまけにクレジットカードの使い過ぎで何度か痛い目を見てきたルンにとっては、そのくらいの覚悟ならできなくもない。倫理制限が解除されたおかげか、桁違いの借金を背負ったというのに、不安はない。

「とりあえず、これで保険金を払う目途は立ったわけだし、どうよ？　保険、入ってみない？」

「ほんと、諦めが悪いよなぁ」

クラウは呆《あき》れたように笑う。

「俺はそう簡単に死なねぇよ。だから良《い》いって」

「いやいや、何が起こるか分からないじゃん。それに年取って死んだ時に、孫に大金遺《のこ》してやれるよ？」

「孫？」

「そうそう。クルスくんの息子か娘に財産を遺《のこ》せる。これって素敵じゃない？」

そこまで長生きできれば、この世界では大往生だ。正確なところは分からないが、この街の最高齢が伯爵家の七一歳なのを考えれば、ターゲット層の平均寿命は精々六〇が限界と考えても長いくらいのもの。そう考えると、ルンと同年代のクラウはもう、人生を折り返しているのだから、余生のことを考えるのに早過ぎということはない。

「五〇〇〇万もあれば、外円なら大豪邸建てられるだろ？　クラウ御殿とか呼ばれるようになったりして」

「何だよ、そのダサい名前」

「まぁまぁ。とにかく損はさせないから、考えてくれって！」

ふん、と力強く声を張って踏み込んだルンは、巻藁《まきわら》の肩口に木の棒を叩《たた》き込む。上手《うま》く腰の乗った一打に、巻藁《まきわら》を支える木が揺れて、それを見たクラウが感心したように唸《うな》った。

「今のは良かったぞ。ドワーフ相手なら首を落とせてたな」

「マジ？」

「あぁ。ま、その前に腹を掻《か》っ捌《さば》かれてるかもしれないけどな」

褒めてから脇の甘さを咎《とが》める。ガックリと肩を落とすルンに、クラウは笑った。

「まぁしかし、一ヶ月でここまで上達できれば大したもんだ。三等団員としちゃ及第点だな」

トーナの足を引っ張らないよう、せめて自分の身くらいは守れるようになりたいと、クラウに教えを乞うたのは一ヶ月前のこと。それから毎日朝晩しっかりと素振りをし、数日に一度はクラウの自宅の前の空き地で、こうして巻藁《まきわら》を相手に剣に見立てた木の棒を打ち込んできた。

これでは保険と自衛団《じえいだん》とどちらが本業か分かったものではないと思いつつ、実際に鍛錬に打ち込んで手応えを摑《つか》むと、やはり楽しくなってくるものだ。

「これ突きとかやっちゃダメなの？」

額の汗を袖で拭うルン。素朴なその疑問に、クラウは端的に答えた。

「相手を突き刺して一発で仕留められるんなら、な。もし仕留められないと、相手によっちゃ致命的なことになるぞ」

「あぁ、剣摑《つか》まれるとか？」

「そうそう。特に仲間意識が強い相手だと、三等団員がよくやらかすんだよなぁ」

クラウはそう言って、陰鬱なため息を漏らした。

「急所外されて剣摑《つか》まれて、後ろからめった刺し、ってな。お前もそんな感じの死体、見たことあるだろ？」

　この一ヶ月、色々と無残な死体を見てきた。入団して一週間そこそこの、トーナとそう変わらない年齢の生意気な少年の惨殺《ざんさつ》死体を見つけた時には、嫌な気持ちになったものだ。

「そういうのってどんな奴《やつ》がやるんだ？　そんな集団戦法仕掛けてくる奴《やつ》、見たことないけど」

「頭の良《い》いやつが率いてる群れだとそういうことをしてくるな。ドワーフにもそういう手合いはたまにいるから、油断は禁物だ」

「なるほど……」

　知性のなさそうなドワーフにも、狡猾《こうかつ》な個体がいる辺り、やはりこの世界は奥が深い。

「でも一番厄介なのはエルフだな」

　クラウは腕を組んで、難しい顔をする。こういう顔で自衛団《じえいだん》の職務について話す時は、ペルグランデ然り、いつも困難な案件を思い起こす時だ。

「あいつらは群れたりしないいんだが、基本的に頭が切れるし、魔導士なんか目じゃないくらい魔法が達者だ。正直言って、俺もあいつらと戦う時は本気で覚悟してるくらいだぜ」

　どうやらエルフは生前世界のイメージに近いらしい。妙な親近感を覚えつつ、後学のためにルンは訊《き》いた。

「どんな魔法を使うんだ？」

「色々だな。そいつの得意な魔法で呼び名が変わるんだよ。炎を操るんだったら消し去る者《デレオトール》、雷を操るんだったら裁く者《ユディコトール》、みたいな感じだ」

妙に大仰な呼び名ばかりなのは、それだけ厄介な手合いということの表れか。さながら自然災害か超常の存在であるかのような扱いだ。

「まぁでも、エルフってそんなにいないんじゃないの？」

エルフのような強力な怪物は、個体数が少ないのが相場というもの。クラウの口ぶりから察するに、既に討伐経験もあるのだから、この辺りにはいないと思いたい。

「前の会合で聞いた話だと、糸引く者《トラホトール》ってやつが東から流れてきたらしいぞ」

「と、トラ……何て？」

「糸引く者《トラホトール》。死体を操る魔法の使い手だ」

気味の悪いエルフだ。そんなものが国内にいることに、ルンは顔を顰《しか》める。

「死体を操る魔法の使い手自体は珍しくないんだが、そいつが操る死体は獣みたいに襲ってきて、嚙《か》みついたりするらしい。それに、人間の心を読み取って、そいつの死んだ親や子供の姿をした泥人形を作り出すとか」

「悪趣味だなぁ」

「だろ？　まぁ、そんなヤバい奴《やつ》と戦うことになるかもしれないから、お前も覚悟しとけよ」

できることなら御免被《こうむ》るが、最悪の場合は想定しておいた方が良《い》いかもしれない。

「エルフって弱点とかあるの？」

「そりゃあ、もちろん」

　クラウは頷《うなず》いて答える。

「あいつらは自分達が一番優れた種族だと本気で信じてるから、そこを挑発してやれば良いんだ。『馬鹿』だの『ザコ』だの、子供の悪口みたいなことを言ってやるだけで簡単にキレてくれるから、そこに隙が生まれる」

「へぇ……」

「しかも痛みに対して相当弱いから、わざわざ急所を狙う必要もない。手足に切り傷少しつけてやれば、ギャーギャー喚《わめ》いて怯《ひる》んでくれるからな」

　そうやってダメージを与え、冷静さを失わせて、止めを刺す。何となしに戦術はイメージできた。

「そこまでやって相手の手の内知ってても、勝てる見込みは五分ってとこなんだよな。エルフってのはほんと、厄介なもんだ」

「じゃあエルフと対峙《たいじ》した時のために、保険に入ろう！」

「いや、その話の繋《つな》げ方はどうかと思う」

　苦笑するクラウに、ここで道の向こうから声がかかった。

「二人とも、夕飯できたよ～」

向かいの平屋の玄関を開けてそんな穏やかな声をかけたのは、エプロンを着けた夫人だ。日もとっくに暮れて、夜空には星が輝いている。平屋の奥から微《かす》かに漂ってくるスープの香りに、ルンの腹が鳴った。

「とりあえず、今日の稽古はここまでだな。お前も食ってくだろ？」

「ゴチになりま～す」

現金なルンの背中を叩《たた》いて、平屋へ向かった。

クラウは妻と息子の三人家族だ。平屋の家はやや手狭であるものの、外円地区にあっては上等なレンガ造りの家だ。

「食らえ、魔王トーナ！」

「うわ～！　やられた～！」

居間では木で作られた玩具の剣を振るうクラウの一人息子が、魔王役のトーナを倒したところだった。迫真の演技で床に倒れたトーナを真似《まね》て、すぐ隣でカイリが同じように寝転がる。

「お父さん、勝った！」

「お、やったなクルス！」

駆け寄ってきた愛息を抱き上げるクラウ。機を見計らって起き上がったトーナが、カイリを拾い上げて、その活躍を称賛する。

「クルスくん、ルンさんよりセンスあるよ。将来は最強の冒険者になれるね！」

「あれ、自衛団《じえいだん》には入らないの？」

やんちゃ坊主《ぼうず》の一人息子なのだから、てっきり父親と同じ道に進むとばかり思っていたが、冒険者となると勝手が違ってくる。街に定住して魔族から市民を守る自衛団《じえいだん》と違って、冒険者は国を回って未開の地を探検し、他国へ出ていくことだってあるような生き方だ。

「海の向こうまで行くの！」

得意顔のクルスが宣言すると、そこへクラウが続く。

「隣の国にある航海術を教える学校に通わないといけないから、来年辺りから西の学校に通わせないとな。金がかかるんだわ、これが」

東の街の学校で学べるのは小学校の内容にも劣るようなことばかり。それ以上の専門的な教育や教養を身につけるとなれば、セリアルのように西の街にある学校へ通わせなければならないが、どんな学問にせよ何百万と金がかかる。この帝国の格差社会の根源だ。

「ほらみんな、夕飯食べよ」

夫人が食卓の準備を終えて、ダイニングへ呼ぶ。

クラウとルンの稽古の間にトーナが子守りをして、その後夕食を共にするのが、ここ最近のお決まりだ。一人息子のクルスはトーナにすっかり懐《なつ》き、端から見れば姉弟のようで、食後にも二人にはお約束のイベントがある。

「勇者は魔王の脛《すね》に蹴りを繰り出します。ドドーン！　ズガーン！　ズッキューン！　魔王は叫びました。『痛いンゴオオオオオオオ！』」

聞き飽きたおとぎ話をめちゃくちゃに脚色して、ついでに派手な身振りを加えて語るトーナ。

本来なら手に汗握る迫真の場面なのに、聞いているクルスは大笑いしている。

「魔王はネイマールかよ」

ダイニングテーブルでその様子を見守るルンは、そう呟《つぶや》いて酒の注がれたコップを呷《あお》る。

ソファで膝を抱えて悶《もだ》えるトーナの迫真の演技に、クラウと夫人も楽しげに笑っていた。

「トーナちゃんのあの寸劇はどういう意味なんだ？」

勢いに笑わされつつ、実際のところ意味はよく分からないのだろう。クラウに質問を投げられたルンは、どう説明したものか思案し、テーブルの隅でリンゴをかじるカイリと目が合う。

何を思ったのか、リンゴを食べ終えたカイリがトーナの真似《まね》をし始めるが、そんなものを見せてくれと頼んだ覚えはない。

「何ていうか……脛《すね》を蹴られたってアピールするのが俺の国で流行《はや》ったんだよ」

この世界にはサッカーという競技は存在しないのだから、真面目に解説ができないのが心苦しいところだ。全く見当違いな説明になってしまうが、こう言うしかない。

「何だそりゃ」

やはり意味の分からないクラウは苦笑する。

「ルンさんの国って、面白いのね」

夫人はのんびりした調子で言った。

「にしてもお前、ほんと酒強いなぁ」

酒瓶を勧めてクラウが感心したように言った。外円の市場で売られている一本三〇〇バルクの酒は、辛口で味も良くない、アルコール度数だけが立派な粗悪品だ。それでも生前は体育会系の部長や陽キャ属性の後輩と何かにつけて飲み歩いていただけに、そう簡単に酔っ払ったりはしない。

「そういうクラウだって結構強いだろ。この酒、結構キツいぞ」

「俺は一等団員だからな。この程度の酒で潰れるほどヤワじゃねぇさ」

クラウは腕を組んで誇らしげだ。この街に四人しかいない一等団員。その中で最強であり、パーティのリーダーでもあるのは、成人前から自衛団《じえいだん》で活動していた彼にとっては誇りなのだろう。

「お前はくたばらないだろうなぁ。負けるとこ想像つかないもん」

ルンもその自信には賛同するばかりだった。実際、クラウの剣技はとても真似《まね》できる代物ではないのだ。

「でも年取ったらいつか死ぬからな。その時に備えて、保険入らない？」

「お前なぁ、酒入ってるところにそんな話すんなって。卑怯《ひきょう》だぞ？」

至極真っ当なことを言って、クラウは酒を呷《あお》る。

「他にねぇのかよ？　もっとこう、死んだ時以外に金もらえるやつとか」

「病気とか事故とか？」

「そうそう！　怪我《けが》治してくれるとかなら、俺もちょっとは考えるぜ？」

アルコールで顔を紅潮させたクラウが、コップに酒を注ぐ。

治療費を払うというのなら、生前の日本では需要があったが、治療となるとそれは保険ではない。医者を頼れば良いのでは、と考えたが、そこで疑問に辿《たど》り着《つ》いた。

「例えばなんだけど、俺がセリアルちゃんに治してもらった怪我《けが》って、普通に医者に診てもらったらいくらかかるんだ？」

「え？　う〜ん……まぁ正確なところは分からねぇけど、一〇〇万は飛ぶんじゃねぇの？」

全身打撲に擦り傷、おそらく骨も何本か折れていただろうし、痛みからして内臓も傷ついていたかもしれない。健康保険なんて便利なものがないこの世界なら、金額としては妥当かもしれないが、そんな大金を用意できるのは西の街の連中くらいだろう。

「じゃあ、魔法で治すってどのくらい大変なんだ？」

クラウは魔法を使えないが、ハンナがいる。彼女がどれほどの負担を感じているかは、同じパーティなら分かるはずだ。

「あいつ回復魔法はそこまで得意じゃねぇからな。まぁ得意な奴《やつ》は自衛団《じえいだん》なんて入らねぇんだけど、それでも骨が折れたくらいの怪我《けが》なら、かかって三〇分だな」

「すごいな、それ。医者いらねぇじゃん」

「怪我《けが》は、な。病気は回復魔法を専門でやってないとどうしようもねぇよ」

それこそセリアルちゃんみたいにな、と補足して、クラウは続けた。

「ていうか、あの子くらいなら切り落とされた手足でもくっつけられるんじゃねぇかな」

「へぇ、すごいねそれ」

ルンが思ったことを、割り込んできたトーナが代弁した。寸劇はいつの間にか完結したらしく、クルスは夫人と一緒に寝室へ向かった。

「魔法って死んだ人を生き返らせたりはできないの？」

「そりゃ無理だなぁ。トーナちゃんの国でも、さすがにそれはできないだろ？」

トーナが神からもらったチート特典の数々は、海の遥《はる》か向こうにあるルン達の祖国の謎技術ということで、クラウ達には受け入れてもらっている。生前世界の技術の程度は彼らも察していて、だからこそトーナに死者蘇生《そせい》の不可能性を理解してもらうには最適と見たのだろう。

「生き返らせるのは無理にしても、大怪我《けが》を治せるんだったらお金持ちになれそうだね」

「魔導士の資格がないと、魔法でお金もらっちゃダメなんだって」

昼に教えてもらったことを、トーナにも共有する。

「セリアルちゃん、学校中退しちゃったから、魔法を使う職業には就けないんだってさ。復学しようにもお金がないからできないらしい」

「じゃあ貸してあげれば？　奨学金みたいな感じで、将来働いて返すってことでさ。どうよ、ルンさん？」

「でも四〇〇万だよ？　そんな大金残ってないよ」

「そこはほら、クロアさんから借りたお金で」

「それ転貸じゃん。不健全だからダメです」

「良《い》いじゃん、固いこと言わずにさぁ！」

食い下がるトーナに、クラウが咳払《せきばら》いをして割り込んだ。

「あー、トーナちゃん。実はまとまった金が手に入りそうな依頼があるんだけど、一緒にやらない？」

第三章　鳩には救いを与え、カラスはしばき倒す

1

ヴィンジア市の南を流れるサングイス川は、三〇〇メートルの川幅と四〇メートルの水深を誇る大河で、ヴィンジアの水道と食料事情を賄う重要河川だ。

このサングイス川で獲《と》れるアオメと呼ばれる大魚は、ヴィンジアの庶民階級の間ではポピュラーな食用魚で、ルンとトーナもよく食べる定番メニューだった。焼けば脂の乗った白身が香ばしく、煮ればホロホロと崩れる魚肉の旨味《うまみ》がスープにアクセントを生む。魚食に馴染《なじ》んだ日本人の味方だ。

そんな恵の大河に竜が棲《す》みついたことが発覚したのは、ほんの数日前のこと。明け方アオメを釣りに訪れた近隣の村人を、食い殺してしまったのだという。

ヴィンジアに魚を卸す村人達が川に近づけなくなった結果、アオメを始めとする川魚の供給が滞り、価格の高騰を引き起こしている。近隣の村々の安全と生活のため、この竜を討伐してほしいというのが、商人ギルドからの依頼だった。

「あいつは、ロストリアって種だ。前脚が長いだろ。あれで魚を獲《と》ったり、敵をぶっ飛ばすんだ」

畔《あぜ》で川を見下ろす灰色の竜は、大きくて長い前脚を腕のように振り上げ、水面を殴る。水を巻き込んだ一撃で、腹の膨らんだ魚を三匹、砂利の上に降らせた。

「恐竜みたいだな……」

狩りの様子を岩陰から見届けたルンは、ロストリアの威容に息を呑んでそう呟《つぶや》いた。前脚と頭部には青い羽毛が生えていて、嘴《くちばし》のついた口からは規則的に並んだ牙が顔を覗《のぞ》かせている。

「報酬は二〇〇〇万バルク。これを俺達とトーナちゃんで山分けする。お前らは四〇〇万手に入って、セリアルちゃんの学費を肩代わりできるってわけだ」

「名案だな。しっかり頼んだぞ、みんな」

ルンは腰に提げたロングソードを一瞥《いちべつ》してから、クラウ達にそう言った。出発前にクラウからもらったお下がりだ。

剣技を教わるようになって一ヶ月。対人戦やドワーフのような小型の相手ならまだしも、あんな化け物を相手に大立ち回りを演じられるほどの技量はまだ備わっていない。だから今回は、物陰から見学させてもらうことにして、当然分け前も辞退している。

「任せてよ、ルンさん」

トーナは得意顔で親指を立てると、

「じゃ、一発で仕留めちゃうからね～」

四次元ポケット式巾着から、ロケットランチャーを取り出す。映画やニュースでよく見る、弾頭が先頭についているロシア製だ。肩に担《かつ》いでロストリアの腹に照準を合わせると、

「お前を抹殺する！」

いつもの調子で引き金を引くと、先端の弾頭が発射された。

発射音に気づいたロストリアが振り返る。推進する弾頭。ロストリアは巨軀《きょく》を器用に捻《ひね》り、その頭上を弾頭が通り過ぎる。青空へ向かってまっすぐに進んでいくと、それからまもなくけたたましい爆発音とともに炸裂《さくれつ》した。

「うわ、避けたよあいつ！」

虚空《こくう》に弾《はじ》けた黒煙に、トーナが悔しそうに呻《うめ》く。と、そこへロストリアが応戦する。

「何か仕掛けてくるぞ！」

牙を並べた嘴《くちばし》を大きく開けて、咆哮《ほうこう》と同時に赤い光線を放つ。

「カイリ！」

トーナの声に応えて、スカートポケットからカイリが飛び出す。肩まで駆け登ったカイリは、青色に染まった額の石を輝かせた。

目の前まで迫った光線が、透明の壁に衝突し、四散する。地面を抉《えぐ》り、木々を焼き払い、川の水を撥ね上げた光線は、方々で炸裂《さくれつ》音を響かせ、ルン達の足下を揺らした。

「とんでもない化け物だな……」

予想だにしない破壊力を目《ま》の当《あ》たりにし、息を呑むルン。堅牢《けんろう》な防御壁を展開したカイリは、今の一度で魔力を使い切ったのか、額の石の色が白に戻っていた。

「ごめん、弾準備するから時間稼いで！」

光線が不発に終わり、今度は威圧的な咆哮《ほうこう》を上げて、迫ってくる。

「しゃあない、行くぞ！」

クラウが声を張り、ハンナとクロード、ラズボアとともに飛び出した。

「トーナちゃん、早く早く！」

「分かってるって！」

弾頭をロケットランチャーに差し込むトーナ。ルンは急《せ》かしつつ、クラウ達の方へ目をやる。

現れたクラウ達に吼《ほ》えるロストリア。クラウが跳躍し、ロングソードを振るう。

横薙《な》ぎの一太刀。鋭い一閃《いっせん》。それを前脚の羽毛が受け流す。手応えを得られないまま、クラウは体勢を崩し、そこへロストリアがもう片方の前脚を振り下ろす。

「風の精霊、水の御子、星の守り人。厚く軽やかなその手で、かの暴虐を退けたまえ！」

淀《よど》みのない詠唱。迷いのない魔法展開。クラウを狙った前脚の一撃は、青白い閃光《せんこう》を放つ魔法陣の壁に弾《はじ》き返《かえ》され、ロストリアが仰《の》け反《ぞ》る。

「すまん、助かった！」

「どういたしまして」

後方に跳ねて間合いを取ったクラウが、並び立ったハンナとやり取りを交わす。

「ラズボア、頼んだ！」

続いてクロードが弓を引く。指名を受けたラズボアが、戦鎚《せんつい》を手に走り出すと、矢を放った。風のような弓矢が、ロストリアに向かっていく。肉眼で捉えることのできない速さ。体勢を立て直せていないロストリアは、右の前脚を薙《な》いで、弓矢を弾いた。

「器用過ぎんだろこの野郎！」

クロードの放った矢は不発に終わるが、ラズボアは構わず戦鎚《せんつい》を振るった。強烈な殴打《おうだ》を胴体に受けても、ロストリアは怯《ひる》みもせず、前脚を振るう。

「ラズボア！」

かぎ爪の一撃に吹き飛ばされたラズボアに、クラウが駆け寄る。鋼鉄のプレートを深々と切り裂いたロストリアの一撃。幸い腹を抉《えぐ》られることはなかったが、その衝撃を内臓で受け止めたラズボアは、苦悶《くもん》に顔を歪《ゆが》めている。

「さっきの光線といい、こいつただのロストリアじゃねぇな」

スキンヘッドに冷や汗を滲《にじ》ませるラズボアに、クラウが相槌《あいづち》を打つ。

「西の国から逃げてきたんだろうな。ここまで戦い慣れてるなんて、野生じゃありえない」

「どうするよ？　そんなもん二〇〇〇万じゃ割に合わねぇぞ」

「そうも言ってられないだろ。背中見せたら終わりだ。もうじき光線も撃てるようになるだろうしな」

今さら退く余裕を与えてくれる相手ではない。そんなことをすれば追撃され、殺される。

絶対的な強者。歯を剝《む》いて見せるその獰猛《どうもう》な顔には、何か余裕のようなものすら認められた。

「トーナちゃん、準備できた？」

ハンナが投げかけると、ロケットランチャーを手に歩いてきたトーナがそれに応じる。

「できた！」

「よし。じゃあ、どうしようかな」

二発目は外したくない。あの威力なら一撃で倒せるとは、クラウ達も分かっている。

「魔法の壁であいつを閉じ込めたりってできる？」

トーナが訊《き》いた。

「できるけど、閉じ込めたらそれ撃てなくない？」

「上から撃てば良いんだよ」

得意顔で空を指差すと、続いてラズボアに、

「ラズボアさん、ちょっと踏み台になってくれないかな？　あいつより高く跳びたいんだけど」

「そりゃあ、構わんが……トーナちゃん、派手なこと考えたなぁ」

意図を汲《く》み取《と》ったラズボアは、半ば呆《あき》れたように言った。

そんな彼らの謀《はかりごと》を悟ったのか、ロストリアは咆哮《ほうこう》とともに走り出した。

「やってみるしかねぇか。ハンナ!」

「了解!」

迫り来る巨竜に、両手をかざし、

「風の精霊、水の御子、星の守り人。厚く軽やかなその手で、かの暴虐を退けたまえ!」

力強い詠唱。ロストリアが振り上げた前脚のかぎ爪を、防御壁が弾き、同時に四方から取り囲み、押さえつける。

「今だよ、トーナちゃん!」

防御壁に囲まれて吼《ほ》えるロストリア。トーナは助走をつけてラズボアに向かって跳び、分厚い両手に右足を着地させる。その瞬間、ラズボアは力強い雄叫《おたけ》びとともに、トーナを真上に押し上げた。

トーナは跳躍する。ロストリアを悠々と見下ろせる高さ。防御壁の中で吼《ほ》えるその頭上に、ロケットランチャーの弾頭を向ける。

「抹殺完了!」

日本語訳を改めて決めゼリフを吐き、引き金を引く。

弾頭が発射されると、その音に反応したロストリアが顔を上げる。弾頭は嘴《くちばし》に触れた瞬間炸《さく》裂《れつ》し、黒煙の向こうから頭の吹き飛んだ巨竜が防御壁に倒れかかると、クラウ達が歓喜の声を上げた。

「やったぜ！　トーナちゃん、すごいぞ！」

防御壁が消えて、ロストリアが倒れる。反対側に着地したトーナが、クラウの賛辞に得意顔で振り返った。

「こいつを見せれば、商人ギルドの連中も文句は言わねぇだろ」

クラウは満足したようにそう言って、岩陰から出てきたルンの方へ向き直る。

「ルン、街に戻ってギルドの奴《やつ》らを連れてきてくれ。ちゃんと金も持ってこさせろよ？」

「あぁ、了解」

頷《うなず》いたルンは、ふと森の方へ入っていくトーナを見咎《みとが》めた。

「あれ、トーナちゃん？」

「ルンさん、これ獣道かな？」

畔《あぜ》の奥に広がる森にできた、大人がすれ違うことのできるほどの道。木々を薙《な》ぎ倒《たお》し、雑草を踏みしだいて作られたそれが、人間が作った通り道でないことは明らかだった。

この道を作ったのは獣だ。それも巨大な、この森で最も強い個体。ちょうど心当たりが、川辺に転がっている。

「ちょっと見てくる！」

「え、トーナちゃん⁉」

好奇心の赴くまま、トーナが獣道を駆け出すと、ルンもその後を追った。

「おいちょっと、二人とも！」

クラウが呼び止めるが、二人はどんどん奥へ進んでいく。

木々の背が高くなっていき、陽射《ひざ》しが届かなくなってくる。薄暗い森がやがて開くと、そこに蔓《つる》と葉を集めて作られた円形の巣が姿を現した。

「これ、あの竜の卵じゃない？」

巣の中心に置かれた、長円形の二つの卵。トーナの膝ほどの高さで、殻は灰色。そして、微《かす》かに揺れている。

「え、生まれそうじゃない？」

ダチョウのそれより二回りは大きそうな卵が二つ、カタカタと中から揺れている。それをトーナは興味津々《きょうみしんしん》の様子で屈《かが》んで見守る。

「あいつの卵か……」

追いついたクラウが、背後から覗《のぞ》き込んで呟《つぶや》いた。そうする間に殻にヒビが入ると、クラウは鞘《さや》に納めていた剣を抜こうと柄に手をかける。

「お～！　生まれる！　頑張れ！」

背後の殺気を気にも留《と》めず、トーナは殻を破ろうとする卵の中身に声援を送る。

「竜って飼ったりできるの？」

そんな様子でこの後の展開を察したルンが、クラウに耳打ちした。

「できなくはないが……お前、こいつを二匹って、餌代が馬鹿にならないぞ？　五年かそこらで成体になるし、そうなったら街で飼うのは無理だ」

「だよなぁ。でも、あれもう手遅れじゃない？」

殻を破って顔を出した幼体は、黒くて大きな瞳でトーナを見つけると、高い声で鳴いて、甘えるように瞬《まばた》きをする。

「かわい〜！」

もう一つの卵から頭を飛び出させた幼体が、同じように甲高く鳴くと、トーナは堪《たま》らず声を上げた。

「ルンさん、この子達飼いたい！　良《い》いよね？」

許可を求めているというより、事後承認を迫るような物言いで、振り返ったトーナは両目を輝かせて振り返った。

「ちなみにこいつらって、人間に懐《なつ》くもんなの？」

「一番最初に見たものを親と認識する。西の国じゃ、こいつらに乗る騎士団もあるし、できなくはないだろうけど……」

クラウも諦め気味に教えつつ、それでも一児の父らしく、トーナに釘《くぎ》を刺す。

「トーナちゃん、こいつら飼い慣らすの大変だぞ？　責任持てるか？」

「うーん……」

ほんの少しの思案の後、トーナは満面の笑みをクラウに向けた。

「持つ！」

持てるではなく、持つと答えたのは、責任感の表れか。自信満々のトーナに、クラウは折れたらしく、苦笑とともに頷《うなず》いた。

「ルン、ちゃんと手伝ってやれよ」

「しゃあないなぁ……」

まぁ、自衛団《じえいだん》への入団然り社名然り、トーナが一度決めたら聞かない性分なのは、よく分かっていることだ。ルンは半ば諦めのこもったため息とともに肩をすくめて、

「トーナちゃん、こいつら連れて帰るの？」

「うん。ルンさんはそっちの子を持って」

ルン達から見て左側。頭部にうっすらと羽毛を生やした幼体を指差すトーナに相槌《あいづち》を打って、手を伸ばす。

「はむっ！」

「いってええええぇ！」

右手に嚙《か》みつかれたルンの悲鳴に、トーナは腹を抱えて笑った。

2

商人ギルドの責任者にロストリアの死体を確認させて金を受け取り、クラウのパーティと約束通りに報酬を分け合うと、ルンとトーナは外円地区の西側へ向かった。

「この子達の名前、考えたよ。りゅーのすけとりゅーこ！」

トーナの後をついてくる二匹の竜を指差して、得意顔で言った。

「こっちの毛が生えてるのがりゅーのすけ、オスね。で、もう片方がりゅーこで、メスだよ」

「ブルーとかじゃないんだ？」

「あれは四匹だし、全部メスだからね。この子達はオスとメスだし、二匹だから」

適当に名づけたのかと思いきや、それなりに考えてあげてのことらしい。紹介された二匹の子竜は、ルンの方を向くなり歯を剝《む》いて威嚇してきた。嚙《か》む力が弱かったおかげで出血はしなかったが、嚙《か》みつかれた右手が疼《うず》く。

「二人とも、ルンさんには良い子にしないとダメだよ！」

トーナが窘《たしな》めると、二匹は揃《そろ》って威嚇を止めて、シレっと前を向いた。言葉が分かるならせめて謝れよ、と思ったが、口に出すとまた襲われそうだから止めておいた。

「で、そのセリアルちゃんの家ってこの辺にあるの？」

ルンが訪れたのは、西の富裕層の住む街の真下。昨日、帝国軍の兵士に捨てられ、そしてあのセリアルという少女に介抱してもらったゴミ捨て場だ。

「クラウが言うには、ここから通りを直進して右に行ったところに工房があるらしい。そこに住んでるんだってさ」

「工房って聞くと、職人っぽさが出るね」

「そうだね」

ルンは相槌《あいづち》を打ちつつ、トーナの肩から降りたカイリが、りゅーのすけの頭の上に乗ったのを見咎《みとが》めた。不快感を露《あらわ》に唸《うな》るりゅーのすけ。弟を助けようと思ってか、りゅーこが口を開けて迫るが、カイリはそんなりゅーこの頭に飛び移った。

「お、カイリともう仲良くなってる！」

カイリが遊んでいるだけで、りゅーのすけとりゅーこは不機嫌さから牙を剝《む》いている。

「トーナちゃん、カイリを捕まえて。食べられちゃうから」

「大袈裟《おおげさ》じゃない？」

「いや、こいつらキレかけてるから」

本格的に襲われる前に、トーナを窘《たしな》める。トーナは肩をすくめてりゅーこの頭に手を伸ばし、カイリを飛び移らせたが、次の瞬間りゅーこがカイリに嚙《か》みつきにかかって、「うわっ！」と咄嗟《とっさ》に手を引っ込めた。

「ダメだよ、りゅーこ。カイリとも仲良くしなきゃ！」

トーナが言いつけると、りゅーこはしゅんとしつつ一鳴きした。承諾のつもりなのだろうということは、雰囲気で察せられた。

ゴミ捨て場の目と鼻の先にある細い通り。両側を石造りの古い家屋に挟まれた土の道に、一行は入っていく。

外円には色々な人が住んでいる。このヴィンジアが整備される以前には、この外円西側には陶芸家や武器職人が軒を連ね、この時間帯ともなると活気に包まれていたと、地主に聞いたことがある。

この界隈《かいわい》に人はもうほとんど住んでいない。住んでいるのは家を捨てられない老人か、セリアルのような経済的な事情で住んでいる昔からの住人か、東の街に移り住んだ者に部屋を貸してもらっている出稼ぎ労働者ばかり。だから日中は静かなもので、クラウに言われた通り右に曲がるより前に、その物々しい声は聞こえてきた。

「騒ぐんじゃやねぇ！　おい、さっさとこの女運び出せ。こいつは娼館《しょうかん》に高く売れるぜ」

助けを求めるかのようなくぐもった悲鳴が、そんな言葉と一緒に聞こえてきた。聞《き》き咎《とが》めたルンとトーナは、駆け足で角を曲がり、そして見知った集団と出くわした。

「おい！」

「あぁ？」

義憤に駆られた怒声に、威圧的に振り返ったスキンヘッドの小男——ドン・ラブータはルンを認めるなり、その顔を強張《こわば》らせた。

「てめぇら、な、何でここに……」

ドン・ラブータの他には、手下が二人。ネズミ顔の小男が荷車に、手足を縛った少女を乗せたところだった。

無地の白シャツに薄赤色のペチコート。昨日と同じ格好をしたセリアルは、口に布を押し込まれていた。後ろ手に縛られた姿勢で、目に涙を浮かべて、必死の形相でルンに助けを求める。

「次会ったらどうするって言った？」

怒り心頭の低音で問い詰めるルンは、状況を理解して、腰に差した剣を抜いた。表情を強張《こわば》らせていたドン・ラブータは、勝算ありとばかりにぎこちない笑みを湛《たた》え、手下に顎で促して、荷台に寝かせたセリアルを抱き起こさせる。

「この小娘がどうなっても良いのか？」

セリアルを盾にしたネズミ顔の手下が、喉元に短剣を突きつける。怯《おび》えるセリアルを前にルンは歯を剝《む》く。

「そっちの小娘の武器を寄越せ。さもないとこいつをぶっ殺すぞ！」

トーナを顎で指して、声を荒げるドン・ラブータ。トーナはポケットから軽機関銃を取り出すと、それを投げ渡した。

「へへへっ！　こいつさえありゃ恐《こわ》くねぇ！」

底意地の悪い笑みを浮かべたドン・ラブータは、手下の一人に命じて、軽機関銃を取りに行かせる。首領の意図を察した手下は、同じように卑《いや》しく笑いながら、銃を拾う。

トーナは顔色一つ変えず、手下が銃把を握るのを見守った。そして銃口が自分達を向き、引き金が絞られる。

カチリ、という引き金を引く乾いた音が響き、軽機関銃を構えた手下が爆発四散し、塵《ごみ》となって消えた。

「ご愁傷様で～す」

「え……」

ドン・ラブータは目を丸くして唖然《あぜん》とし、セリアルを盾にしていたネズミ顔の手下が混乱の悲鳴を上げると、それを合図とばかりにトーナが拳銃を抜き、ルンが地面を蹴った。

「ルンさんそっちは任せた！」

叫ぶと同時に銃口をまっすぐに向け、発砲。乾いた軽やかな銃声とともに銃弾がネズミ顔の眉間を撃ち抜き、弾《はじ》き飛《と》ばす。

「な、何なんだおい⁉」

理不尽な逆転劇に狼狽《うろた》えるドン・ラブータに、ルンはロングソードを振り上げる。

「銃はトーナちゃん専用なんだよ、バーカ！」

踏み込みと同時に剣を振り下ろす。肩口から脇腹まで斜め一線に斬り伏せ、ドン・ラブータが斬撃に倒れた。

断末魔も許さない会心の一撃。一振りして血を払う。

神からもらった自動拳銃も、この世界の金で購入した銃も、トーナ以外の者が使おうとすれば手下のように破裂し、塵《ちり》となる。血も肉片も飛び散らず、まるで砂が風に吹き飛ばされるように散っていって、後には何も残らない、そんな神秘的な末路が待っている。

「大丈夫、セリアルちゃん？」

縄を解いて口を塞いでいた布を取ったトーナは、セリアルを抱き起こす。額を撃ち抜かれたネズミ顔の手下は、愕然《がくぜん》とした表情のまま息絶えていた。

「助けてくれて、ありがとうございます。昨日の方、ですよね……？」

目を腫らしたセリアルは、トーナに謝辞を告げてから、ルンの方に関心を向けた。

「覚えてくれて良かった。昨日のお礼がしたくて、クラウに住所を教えてもらったんだ」

「クラウさんに？」

父親の剣を贔屓《ひいき》にしていただけあって、やはりクラウのことは知っているらしい。頷《うなず》いたルンは、さらに続ける。

「それで昨日のお礼なんだけど、お金は直接受け取れないんだよね？　それなら、セリアルちゃんが魔術学院に通うための学費全額、俺達で肩代わりさせてもらう、っていうのはどうかな？」

「あの、どういうことですか……？」

「そのままの意味だよ」

戸惑うセリアルにトーナが笑顔を向ける。

「学費を払えば魔術学院に復帰できて、卒業して魔導士になれるんでしょ？」

「それは、そうですけど……でも、魔術学院の学費はすごく高いですし、そんな大金をいただけませんよ。昨日使った魔法は、そんなに難しいことじゃないですから……」

「そんなの気にしなくて良いよ。セリアルちゃん、ほんとに良い子だなぁ」

感心した様子で唸《うな》るトーナ。ドン・ラブータのような悪人を成敗したばかりなだけに、ルンもセリアルの清廉さには同意しかない。

だからこそ助けてあげたいし、力になってほしいと、改めて思った。

「じゃあ学費は借金ってことにして、学校に行きながら働いて返す、っていうのはどう？」

働きながら、という言葉に、セリアルは身を強張《こわば》らせた。ついさっき攫《さら》われて、身売りされそうになったのだから、この反応も当然だろう。

「魔術学院の生徒って、魔法でお金稼いでも良いんだよね？　それなら打ってつけの仕事がちようどあるんだよ！」

首を傾《かし》げるセリアルに、ルンは続ける。

「俺とトーナちゃんの会社で、怪我《けが》した人を治療してあげる、って保険の商品を作ろうと思ってるんだけど、その治療をセリアルちゃんにやってほしいんだ。回復魔法、得意でしょ？」

保険というものがどういう商品なのか、それはセリアルも分かっていないだろう。ただ、自分が学んできた魔法を役立てることができるということは伝わったらしく、表情が少しだけ明るくなった。

「毎月の給料は二〇万バルクで、一回治療する度に一〇〇〇バルクの手当を別に払うよ。すると学費が四〇〇万バルクだから、四〇〇〇人治療したら完済だね。それまでは働いてもらうけど、そこから先はセリアルちゃんの自由ってことで、どうかな？」

「そ、そんなにいただけるんですか？　いや、でも……」

突然の打診に尻込みしているのか、セリアルは煮え切らない様子だ。親を亡《な》くしてから夢を諦め、内職で生計を立ててるだけの生活から、この世界では存在しないあしながおじさんが突如目の前に現れたのだから、戸惑うのも無理はない。

「セリアルちゃん、夢を叶《かな》えようよ！」

そんなセリアルに、トーナは力強く言った。

「セリアルちゃんは魔法使いになりたかったんだよね？　あたしの夢は叶《かな》わなかったけど、セリアルちゃんの夢はまだ叶《かな》うんだよ。だから、こんなところで諦めちゃダメ！」

この子は魔法が使えなくなったわけではない。魔術学院を卒業すれば、一人前の魔導士として認められるのだ。

「セリアルちゃんは、魔法使いになって何がしたいの？」

そう問いかけたトーナに、セリアルは遠慮がちに答えた。

「病気に苦しんでいる人を救えるようになりたかったんです。母も父も、病気で亡《な》くしましたから……」

「じゃあ、そうなろうよ！　セリアルちゃんならきっとなれるよ！」

手を取って言ったトーナに、セリアルは目を丸くする。

「あたし達の会社のモットーは、『悲しさも貧しさもぶっ飛ばす！』だよ。これはその第一歩。セリアルちゃんの悲しさも貧しさも、あたし達がぶっ飛ばしてあげる！」

「だからセリアルちゃんには、俺達が他の人達を助けるのを手伝ってほしい。それで立派な魔導士になってほしいな。それならお父さんもお母さんも、きっと喜ぶと思うし」

目を輝かせるトーナに、背中を押すルン。この世界にはそうそう転がっていない優しさ。それに触れて感極まったのか、セリアルはかわいらしい小顔をくしゃくしゃにして、嗚咽《おえつ》を漏らした。

「あ、ありがとうございます……」

「あたしはトーナ。で、こっちがルンさん。今日からよろしくね！」

3

自衛団《じえいだん》の事務所の二階には、所長の執務室の向かいに大部屋が設けられている。二〇人ほどを収容できる広さの空間に、三人掛けの長机が三つずつ、二列に置かれていて、手前の壁には黒板が掛けられている。

まるで教室のようなこの部屋は、専ら自衛団《じえいだん》の職員の会議か商談のために使われていて、団員が使うことはまずない。だから大抵の場合は当日所長に一声かければ貸してくれて、その日ルンが開いた保険の説明会も当日朝に許可をもらったのだった。

「皆さん、今日はお時間をいただき、ありがとうございます」

壇上に立って、長机に家族とともに座ったクラウ達と対峙《たいじ》したルンは、落ち着いた声で告げる。

「私ども異世界生命保険相互会社《いせかいせいめいほけんそうごがいしゃ》は、保険を通じてお客様に寄り添い、生涯に亘《わた》って支えていくことをお約束します」

「お、かっこいいぞルン！」

クラウが冷やかして、パーティの面々がそれに笑う。

「今のセリフ、ルンさんが考えたんだよ。徹夜で考えてたの。かっこいいでしょ？」

部屋の隅に置かれた演台から、トーナがわざわざ補足する。足下ではロストリアのりゅーのすけとりゅーこが、出番を待って座っている。

「トーナちゃん、それ言わなくて良いから」

「何だ、そうなのか？　ルンも良《い》いセンスしてるなぁ」

クラウの好評に、社長のトーナも鼻高々。ルンは赤面しつつ咳払《せきばら》いをして、本題に関心を戻させる。

「本日ご紹介するのは、生命保険という商品です。皆さんは聞き慣れないものだと思うので簡単に紹介しますと、この保険という仕組みの根本は、加入者同士で支え合う相互扶助です。加入者全員の支払った保険料で、一人ひとりの万一の時に備えていく。それが保険という商品です」

「難しいことは分からないんだけど、みんなでお金を積み立てて、困った時に備えておくってこと？」

質問を投げたのはクラウの妻・クレアだ。彼女を始め、一等団員の四人とその家族の総勢八人が、この説明会の参加者だった。

「そういうことです。だから一人当たりの支払う金額に対して、実際にもらえる金額が莫大《ばくだい》でも、問題なく支払いができるというわけです」

「でも、何人分も一度に支払うのはさすがに無理じゃないですか？　加入する人が増えれば、それだけお金を払う相手も増えるわけだし」

そう疑念を口にしたのは、ハンナの夫のジョシュアだった。普段は東の街で雑貨屋を営んでいる優男で、隣で腕を組んで座るハンナとは何とも対照的な雰囲気だ。

「ジョシュアさんの仰《おっしゃ》る通り、ただ保険料を貯《た》め込んでいるだけでは、大人数の支払いが発生した時に対応しきれなくなります。そこで、支払っていただいた保険料を元手に資産運用を行って、会社として資産を増やしていきます」

「資産を増やすって、何か商売をやるとか？」

「我々がやるというより、やりたい人にお金を貸します」

そう答えると、ジョシュアはなるほどと頷《うなず》いた。この国では金貸しは良く思われていないとはいえ、経営者は内心、貸してくれるのなら借りたいところだろう。

「現在調達済みの資金は一〇〇億バルク。そのうち二〇億バルクを、今後ヴィンジアで起業や事業拡大を希望する人達に融資します」

「お金を借りたいって人はいるの？」

「直接はまだどこからも。ただ、ヴィンジア馬車組合に話を持っていこうと思っています」

「馬車組合か。なるほどなぁ」

ジョシュアは納得したように頷《うなず》いた。ヴィンジア市で商売をしている馬車のギルドで、そこに需要があることも雑貨屋を営んでいるからよく分かるのだろうが、念のため説明しておく。

「馬車組合は荷物の運搬事業を拡大したいと考えているみたいですが、西の街からは相手にしてもらえず、資金調達に苦労しているみたいです。そこで弊社から融資の提案をしようと思っています。年利は一割で、返済計画は三年程度で」

「投資用の資金は二〇億だっけ？　その一割でもあれば、事業拡大には十分だなぁ。うちも商品を届けるのによく使うから、便利になるのは良《い》いね」

好意的な反応を見せるジョシュアは、「ちなみに」と続けて訊《き》いた。

「僕でも貸してもらえたりするの？　お店の内装を変えたいなぁ、って思ってるんだけど」

「は？　そんなの聞いてないよ？」

妻のハンナが聞《き》き咎《とが》めると、参加者から笑いが起こる。

「返済計画を一緒に考えさせてもらえれば、融資しますよ。まぁ、詳しい話はご家庭で許可を取ってからということで」

「うん、そうする」

恐妻の目を気にしつつ、ジョシュアとの間で話が終わると、部屋の隅から社長のトーナが締めくくる。

「自衛団《じえいだん》としての活動もあるからね〜。とりあえず、収益の柱はこの三本かな」

保険料収入に投資利益、それに自衛団《じえいだん》での活動。この三つの収入源が、異世界生命保険相互会社《いせかいせいめいほけんそうごがいしや》の基幹事業だ。

「あの、それでホケンってどんな商品なんですか……？」

控えめな調子で訊《き》いたのは、クロードと一緒に参加する実妹のメリダだ。丸い眼鏡とそばかすが特徴的な素朴な女性で、クロードとは一回りほど年が離れているという。

「今からご説明します」

ルンはそう言って、部屋の隅に座って待機していたトーナに目で合図した。トーナは待ってましたとばかりに立ち上がると、スカートポケットからカイリも駆け出てくる。そして同じように起き上がったりゅーのすけとりゅーこと一緒に、ルンに飛びついた。

「うわー、やられたーー！」

「え？」

「ん？」

「何だ？」

ロストリアの幼体とカーバンクルが飛びついただけ。それなのにわざとらしく尻餅をついて床に倒れるのだから、唖然《あぜん》とするクラウ達の反応も当然のことだろう。

「いたっ！　痛い！　お前らやり過ぎだって！」

りゅーのすけとりゅーこが嘴《くちばし》で腹を小突き、カイリは懐《ふところ》から取り出した青い魔法石で顎を叩《たた》く。地味に痛い攻撃の応酬に、思わず素が出てしまうが、そんなことはお構いなしに、トーナがそこへ駆け寄る。

「おとっちゃん、死なないで！」

「ちょっと、こいつら先にどうにかして！」

「みんな、ちょっとストップ！」

トーナの一声で、三匹は一斉に攻撃を止めてくれた。とりあえずルンは、事前に教わったセリフを思い出して、

「うぅ、もうダメだ。すまない……」

「おとっちゃーん！」

さっきの変な間などなかったかのように、迫真の演技で悲痛な声を上げ涙まで流してルンの身体《からだ》を揺らすトーナ。一方のルンはというと、酷《ひど》い棒読みにただ横たわっているだけで、痛む顎を撫《な》でるという大根っぷりである。りゅーのすけとりゅーこはさっさと腹から降りて、カイリもその酷《ひど》い温度差に呆《あき》れてしまったかのように、早々にトーナの肩の上に戻ってしまった。

「え、ルンさん、何してるの？」

見兼ねて夫人のクレアが声をかけると、ルンは恥ずかしそうに顔を赤くしながら起き上がって、釈明を始める。

「まぁこんな風に、魔族に襲われて死んでしまうことがあるのがこの世界の厳しいところです。こんな時、さっきのトーナちゃんのような家族に、財産を遺《のこ》してあげたい。せめて大人になるまで生活に困らないくらい、もっと言えば、夢を叶《かな》えるのに必要なお金を工面できるくらいに

は備えておきたい。そんな風に思っている人はきっとたくさんいるはずです」

恥ずかしさを紛らわすために早口になりつつ、ルンの説明に参加者は同意するかのように相《あい》槌《づち》を打つ。少なくともおかしなことは言っていないと確信を得られると、ルンは深呼吸をして気分を落ち着かせ、次のステップに入るよう、三匹を連れて元の位置に戻ったトーナに目で促す。

「そこで今回、弊社からご提案するのが、死亡保険です。あちらの演台をご覧ください」

演台の上に置いた厚紙を、りゅーのすけとりゅーこが両端を咥《くわ》えて立てる。そこへカイリが「死亡保険のご案内」とラテン語で書いた厚紙を前へ倒し、次のページを開く。

「保険には契約者と被保険者、受取人という三人の人物が登場します。契約者はそのまま保険を契約した人で、被保険者は保険の対象となる人。そして受取人は、保険金を実際に受け取る人のこと」

そう説明して目で合図を送ると、カイリが厚紙を倒して次のページに移る。

「今回の死亡保険は、契約者と被保険者がルン、受取人がトーナとなった場合、ルンが死亡するとトーナに五〇〇〇万バルクが支払われる、という内容になります」

「五〇〇〇万……」

クレアや他の同伴者達がざわつく。五〇〇〇万バルクとは、庶民にとってはそれだけの大金ということだ。

「支払事由は自殺を除く全ての理由で、被保険者が死亡した場合です。魔族に襲われて死亡した場合はもちろん、大通りで馬車に撥《は》ねられたり、川で溺れたり、病気で亡《な》くなった場合でも、五〇〇〇万バルクを受取人に支払います。受取人は被保険者のご家族に限りますが、この場にいる皆さんは全員問題なさそうですね」

カイリが厚紙を倒して、加入条件を書いたページを開いて見せる。加入条件に何ら問題ないことは、ルンも把握済みだ。

「商品について質問があれば、何でも訊《き》いてください」

後は質疑応答のみ。気持ちを引き締め直したルンに、メリダが控えめに手を挙げた。

「あの……」

「はい、メリダさん」

「紙で説明してくれるんだったら、さっきのお芝居は必要なかったんじゃ……？」

「ですよね」

苦笑しつつ同意するルンに、メリダも思わず笑ってしまう。

「いやいや、ああいう演技があるからスッと入ってこれるんだって！」

脚本と演出を担当したトーナが熱弁する。一理あるような気がするから否定はしなかった。

「あたしはこのホケンとかいうの、良《い》いと思うけどねぇ」

奥の机に座るラズボアの妻・マルタが、野太い声でそう唸《うな》った。戦鎚《せんつい》を振り回す巨漢の亭主に相応《ふさわ》しい恰幅《かっぷく》の夫人は、丸みを帯びた顔に好意的な笑みを浮かべて、手元の資料に目をやる。

「これ、自殺じゃなけりゃほんとに五〇〇〇万ももらえるの？」

「ええ。自殺の場合はお支払いできませんが、それ以外なら事故死でも病死でも他殺でも、満額お支払いします」

「良《い》いね。あんた、これ入んなよ！　五〇〇〇万もあれば、子供達みんな魔術学院に入れられるよ！」

高らかに笑いながら、夫人はラズボアの背中をバシバシと叩《たた》く。三人の息子を抱えるラズボアにとって、養育費は頭痛の種だ。

「でもこれ、俺が死なないともらえねぇよ？　なぁ、ルン？」

助けを求めるかのような問いかけに、ルンは首肯しつつ、

「でも解約返戻金《かいやくへんれいきん》があるから、解約してもまとまった金は払うよ」

「かい……何だって？」

「解約返戻金《かいやくへんれいきん》。保険を解約した時に、それまで支払ってもらった金額の一部を返すって制度。この死亡保険は終身保険、つまり解約するまで一生有効な契約になるんだけど、もし二〇年目で解約して、それまでに毎月二万払ってたら……六割の二八八万バルクは返せるかな」

資料の隅で計算して答えると、夫人はますます目を輝かせた。

「あんた、死んだ時にお金くれて契約切ってもお金が返ってくるなんて、これすごく良《い》いじゃ

ないか！　決めたよ、うちは入る」

豪胆な夫人の即決に、ラズボアは観念したように肩をすくめた。

「うちも入ろうかな。これ、困ったら即解約できるんでしょ？」

「できるけど、早く解約すると解約返戻金《かいやくへんれいきん》もないから、なるべく長く契約してよ」

「うん、まぁしょうがないか」

冗談めかしてそう言ったハンナに、クロードが続く。

「僕も入ろうと思うんだけど、もし支払ってもらっても、金の管理が心配だな。五〇〇〇万なんて渡されたら、妹じゃ不安だ」

隣に座るメリダに、クロードは目をやる。一等団員で弓の名手である兄と違って、身体《からだ》はさほど強くない。

大金を手にしたとなれば、それだけ身の危険も増える。そんな心配に、ルンは答えを用意していた。

「全額一括で受け取らず、必要な時に必要な分だけ支払うってこともできるよ」

「あたし達の国で銀行って呼んでたんだけど、今度クロアさんに提案しようと思ってるんだよね」

トーナがルンに続いた。

「お金を銀行に預けて、管理を任せる。銀行はそのお金を商人や会社に貸して、利息で儲《もう》ける。

預けている人は必要な時に、必要な分だけお金を返してもらう。これなら大金を手元に置かなくて済むでしょ？」

「ついでに言うと、銀行に預けると少しだけど金利もつくから、お金が増える。〇・〇一パーセントくらいだけど」

一応補足してみたが、クロードもメリダも、金利の方には関心がないらしく、安心してお金を預けられる仕組みに興味があるようだった。

「あのゴブリンが金を管理するとなれば、確かに信用できるな」

「そうそう。あの人金に関しては絶対嘘《うそ》つかないし」

ルンがクロードに相槌《あいづち》を打つと、トーナが難しい顔のクラウに声をかけた。

「クラウさんは入らない？　やっぱり死なないから？」

どことなく挑発めいた質問に、夫人と並んで座るクラウは苦笑を返す。

「まぁ、そんなところだな。死んだ時の備えってだけじゃ、俺としちゃ満足できない」

露骨に前振りのような物言いをされて、ルンは笑ってしまう。

「そう言うと思って、用意しましたよ。自衛団《じえいだん》にオススメの新商品」

入って、と扉に声をかける。部屋の扉を静かに押し開けて、少女が入ってきた。

「おぉ、セリアルちゃん！」

ハンナが反応する。

魔術学院の制服である、オリーブ色のジャケットを着たセリアルは、少し照れたような顔でルンの隣まで歩いてきて、クラウ達に一礼した。

「クラウみたいな恐《こわ》いもの知らずのために、セリアルちゃんの協力で新しい保険を作りました」

「おー、マジかー！」

クラウが棒読みで驚く。自分で作らせたくせにと、ハンナ達は呆《あき》れた風に笑っていた。

「保障内容は怪我《けが》の治療で、一ヶ月に最大五回までセリアルちゃんの治療を受けられる。保険料は死亡保険とセットなら月々五〇〇〇バルク、治療保険単体なら掛け捨てで九〇〇〇バルクです」

「まぁ要するに、死亡保険とセットなら月額二万と五〇〇〇バルクってことね。で、掛け捨てだと解約何とか金はなし。セット加入の方が圧倒的にお得だよ！」

勢い任せなトーナの売り文句に、クラウは笑う。

「ちなみにセリアルちゃんは、どのくらいの怪我《けが》を治せるんだ？」

クラウの質問に、セリアルはルンに促されて答える。

「骨折や切創ならすぐに治せます」

「手足がちぎれてる場合は？」

「切れた部位があれば、何とか……後遺症は残っちゃうかもしれません」

「目が潰れてたら治せるか？」

「状態次第です。ただ、あまり損傷が酷《ひど》いと、形は治せても機能までは治せないので、失明してしまう可能性が高いです」

さっきからグロテスクな質問ばかりなのに、セリアルの受け答えは堂々としていた。回復魔法を使うからには、それなりの修羅場と対峙《たいじ》しなければならないのだから、それも当然なのかもしれない。

「心臓を刺されたりしたら、さすがに無理？」

感心しつつ、ルンは好奇心から訊《たず》ねた。

「治療する前に死んでるかと……」

「まぁそりゃそうだよね」

トーナが納得したように頷《うなず》いた。

「で、どうするクラウ？　入る？」

質問が落ち着いたと見て、クラウに意思確認をする。クラウは夫人と顔を合わせて笑みを浮かべ、

「分かったよ、入ってやるよ」

「よっし！」

最後の一人を口説き落として、ルンは派手にガッツポーズをした。

「じゃあ契約書書いて！　そこね！　名前と住所と受取人名義！」

「分かった、分かった」

「書き損じるなよ！　ちゃんと丁寧に書け！」

「分かってるって、うるせぇなぁ！」

「ルンさん落ち着きなよ～」

興奮気味のルンをトーナが窘《たしな》めると、周りから笑いが起こった。

第四章　言葉は消えても契約は残る

1

常々思っていたことだが、クラウ達一等団員の信用には驚かされるものがある。

異国の人間が持ち込んだ、「ホケン」という得体の知れない胡散臭《うさんくさ》い代物を、彼らとその家族が契約したという話が流れると、自衛団《じえいだん》の団員達が自分達にも紹介してくれと言い出した。そこからさらに東の街にも伝播《でんぱ》して、今度は商人ギルドから説明会を開いてくれと依頼が舞い込んだ。

そうして口コミで「生命保険」という概念がヴィンジアに広まって一ヶ月が経《た》った頃、ルンはクロアに呼び出され、断崖の邸宅に赴いた。

「一ヶ月の契約数は死亡保険が六九九件、治療保険単体だと三八七件。保険料収入の総額は、概算一七〇〇万バルクか」

ルンが前日にまとめた書類に目を通したクロアは、そこに並んだ景気の良《い》い数字にも顔色を変えることなく、淡々とした物言いを紡《つむ》いだ。

「悪い数字ではないな。だが、君一人で売り込んでいるというところが問題だ。月の契約件数をこれ以上伸ばすのは、無理があるだろう？」

保険商品の知識をしっかりと持っているのはルンだけだ。トーナも書面を読み上げるくらいならできるが、例えば支払事由の詳細だとか、解約返戻金《かいやくへんれいきん》の契約期間ごとの概算だとか、そういったことには答えられないだろう。

契約内容についてはともかく、その中の解約返戻金《かいやくへんれいきん》や保険料率については、ルンも実際のところはさほど明るくない。そういった数理業務はアクチュアリの担当分野で、今の異世界生命《いせかいせいめい》のその辺りを支えているのは、専門職の同期に昔聞いた簡単な計算方式と、システム開発の時に目を皿にして読み込んで覚えてしまった、提案書に記載される解約返戻金《かいやくへんれいきん》のシミュレーション結果であり、それらを頼りにざっくりと出した概算に過ぎないのだ。ルンですらそんな有り様なのだから、トーナやセリアルならなおさらだろう。

「保険を売り込める人材を見つけて、雇うことだ。君ほどでないにせよ、しっかりと売り込める人間があと三人も出てくれれば、少なくとも月の契約件数は倍にはなる」

無茶なノルマを課してくるものだと思わなくもないが、それだけこのゴブリンにとっても、保険という商品は魅力的に見えているはずだ。

「治療保険についてだが、治療を行っているのは一人か？　これだけの件数を捌《さば》くのは困難だと思うが？」

切り口を変えてクロアが指摘したのは、治療保険の利用件数を見咎《みとが》めたからだろう。

販売開始から一ヶ月。治療保険は自衛団《じえいだん》の団員によく売れているが、それだけ保険の利用頻度も高い。一ヶ月で二六六回という利用回数は、想定していた件数を大幅に上回り、クロアの指摘の通り、セリアル一人での対応は二週目には限界を迎えた。

「セリアルちゃんに紹介してもらって、魔術学院の生徒を雇っています」

心配させても良いことはないので、ルンはあっさりと種明かしをした。

「今は三人体制ですけど、今年中に一〇人くらいは雇いたいと考えています」

「報酬は一回の治療で一〇〇〇バルク、他に待機時間の拘束費用として、時給一〇〇〇バルク……東の街の親達からすれば、家計の助けとしては十分な額だろうな」

出身地なんて、資料にも書いていないのによく分かったものだ。ルンは内心で驚いていると、

「西の学校に入学する子供のうち、一割は東の街出身だ。あの街の住人には学費は相当な負担になるが、対して西の街の金持ち達にはどうということもない。況してや、子供に働かせる必要もない」

「働くとしたら、東の街の子供以外に考えられない、と？」

「そういうことだ。悪い着眼点ではない。よく働くだろう？」

知っているかのようなクロアの物言いに、ルンは頷《うなず》いた。

「魔法というのは才能が全てだ。自分の子供にその可能性があるのであれば、親はそこに金を

注《つ》ぎ込む。多少の無理は承知でな」

「そうなんですか……」

　この世界において、魔法の市場価値というのは相当なものだ。それこそ、出自に縛られることなく人生を変えられる、唯一の職業といっても過言ではない。だからこそ子供にそんな素晴らしい才能があれば、その可能性に全てを賭けたいと願う。

「東の子供は、親に無理をさせていると自覚している。だから、家計の足しになるのであれば、真面目に働くだろう。魔法の実践にもなるとなればなおさらだ」

「あの子達の役に立てているんだったら、良かったですよ」

　どこか安堵《あんど》したようなルンに、クロアは「ところで」と咎《とが》めるような目を向けた。

「君の出身の国について、一つ訊《き》きたいことがあるんだが」

「何です？」

「君の国は、この世界に存在するのかね？」

　射貫《いぬ》くような視線を向けて、まっすぐにルンを見据えるクロアは、続ける。

「君のその服は、少なくとも大陸のどの国にも存在しないものだ。海の向こうの国々に住む同胞にも当たってみたが、多少似たものはあっても、それほど上等な生地は使われていなかった」

　この世界に化学繊維はまだ存在しないのだろう。二着セットで購入した安物とはいえ、この世界ではまだ上等な部類に入るらしい。

「それに、君は魔法というものの希少性を今一つ理解していない。真っ当に生きてきた人間なら、到底考えられないことだ。君が提案した生命保険についても、これほど完成度の高い代物は他国のどこにも存在しなかった」

君は、どこから来たんだね？

締めくくりのその問いに、ルンはテーブルを見つめてから少し考え込み、やがて観念したようにため息を吐いた。

「……もし我々が異世界から来たと言ったら、信じていただけますか？」

「どうやって来たのか、まずはそれを訊《き》きたいな」

好奇心にうっすらと笑みを浮かべ、クロアはそう答えた。

「神様に送られました。何でも、自殺したのが気に入らなかったらしくて」

「神、か。その神は、我々の生業をどう見ている？」

「金貸しについてですか？　何とも思ってないんじゃないですかね。我々が何しようと、多分興味持ってないですよ、あれ」

あの神のことを思い出してみるが、その世界の生命に興味を持っているようには思えなかった。そもそも転移させた理由だって、単に監査で引っ掛かったからであって、そこには慈悲の心なんて毛ほども介在していないのだ。あの神にとって、その世界で生きる命とはリソースの一つでしかない。いうなれば、データベースのレコードの一行に過ぎない。それが何をどうしようが、気にするはずがないだろう。

「そうか」

投げやりな回答だったが、クロアはむしろ満足したように笑った。

「君が国教の教えに則《のっと》ったことを言ったら、私は信じなかったがね。その言い分だと、信じられるな」

「それはどうも」

「話は以上だ。販売人員の増強と、そのための販売手法の整備は、まぁ半年以内に実現できるように頑張りなさい」

激励のような言葉を締めとして、報告会は終わった。

2

実際のところ、営業活動の面で人員不足は深刻化しつつあった。

ルンが営業に時間を割くことができるのは、午前中だけ。午後からは自衛団《じえいだん》の依頼をこなすために、トーナに同行しなければならない。大抵の依頼は街の外に出るから、戻る頃には日が暮れていて、営業活動をする時間なんて残っていない。

そんな状況だから、東の街で週に三回、商人ギルドの建物を借りて大規模な説明会を開き、そこで一挙に契約をしてしまうのが、ここ最近の営業戦術となっていた。質疑応答で毎回一時間近く費やし、その直後に自衛団《じえいだん》の事務所に戻ってトーナと合流し、自衛団《じえいだん》として依頼をこなしに行く毎日だ。

「待てこらぁ！」

逃げる獣人の背中を追って、怒号を上げる。振り返った獣人が目当ての代物を咥《くわ》えているのを認めると、ルンは手に持っているロングソードを振り上げた。

足を止めた獣人が、鋭い爪を薙《な》ぐ。振り抜いた刃が縦一閃《いっせん》に右腕を斬り裂くと、獣人は咥《くわ》えていた太い右腕を離して、断末魔の叫びを上げる。

「返せこの野郎！」

踏み込みと同時の返す刀で、首を刎《は》ねる。獣人が首元から血飛沫《ちしぶき》を上げて倒れると、ルンは足下に転がった腕を拾い上げ、踵《きびす》を返《かえ》す。

「あった！　あったよセリアルちゃん！」

走りながら、大木の下で隻眼の老人を手当てするセリアルに向かって叫ぶ。

「ルンさん、危ない！」

背後から飛び掛かった獣人が、セリアルの張った防御壁に弾《はじ》き飛《と》ばされる。ルンは足を止めて敵を認めると、踵《きびす》を返《かえ》してロングソードを振るう。

「おりゃあ！」

起き上がった獣人を斬り伏せる。何の工夫もない、踏み込みと同時に振り下ろす斜め一線の斬撃。シンプルイズベストの精神で、クラウから教わった剣技を活《い》かす。

「あぶねー。ありがとう、セリアルちゃん。助かったよ」

剣を振って血糊《ちのり》を払ったルンは、セリアルのもとへ駆け寄って謝辞を告げるが、

「気をつけてください、ルンさん。今のはほんとに危なかったですよ！」

「ごめんごめん。ほら、これ」

セリアルに平謝りしつつ、右腕を渡す。

木にもたれかかる白髭《しらひげ》に隻眼の厳《いか》つい老人の右腕に、食いちぎられた肘を宛がう。セリアルが詠唱を始めると、護衛のためにルンが背中を守り、そこへ青年が二人加勢する。

「すまん、ルン。助かった」

「保険はこういうサービスだ、気にするな」

短い茶髪に引き締まった体格の青年二人は、今年二〇歳になったばかりの双子で、老人の息子だ。オルガンティノ一家の名で知られる父子三人組で、揃《そろ》って二等団員という指折りの実力者だ。

「終わりました！」

背後からセリアルが声を張り、それと同時に老兵が起き上がる。

「親父《おやじ》、大丈夫か？」

「あぁ、問題ない。腕もほれ、この通り」

オルガンティノは剣を持った右腕をかざして、ついでに柄を握る指も器用に動かして見せる。完璧に接合できたらしい。

噛《か》み切《き》られたせいで神経も随分と傷ついただろうに、後遺症もなさそうだ。街で高名な魔導士に治療してもらうとなれば、何十万と取られてしまうところ、これが死亡保険込みで月々二万五〇〇〇バルク、しかも月に五回まで受けられるというのだから、破格も破格。少し安過ぎただろうかと、ルンは現場を目《ま》の当《あ》たりにする度に悔やんでいた。

「で、トーナちゃんは？」

息子二人を安堵《あんど》させたところで、老兵がトーナの不在を見咎《みとが》める。

「奥まで一人で行っちゃいましたよ。追いかけます？」

「当然じゃろう。報酬折半の約束だというのに、借りばかり作っておられん」

さっきまで重傷だったというのに、老兵は意気揚々と森の奥へ走っていく。ルンとセリアルも息子二人とともに、その後を追った。

森を進むこと数分。ようやく開けた場所に出ると、そこでちょうど銃声が鳴り響き、断末魔が響いた。

そして、最後の仕上げである。

「カバンにするぞ」

カーバンクルのカイリを肩に乗せ、どや顔のトーナがいつものように洋画のセリフで締めくくり、銃口から燻《くすぶ》る硝煙を吹いて飛ばす。そしてこれまた演出であるかのように、大型の獣人が膝をついて芝生の上に倒れ込んだ。

「あ、ルンさん。終わったよ～！」

いつもの調子でトーナが手を振る。辺りには獣人の死体が十数体。全部彼女一人の功績だ。

「おい、これでほんとに折半で良《い》いんか？　三対七くらいが妥当に思えてきたんじゃが」

スキップしながらやってくるトーナを尻目に、老兵はばつが悪そうにルンに訊《き》いた。

「良《い》いですよ。来月も契約継続してくれれば」

ルプスと呼ばれる狼《おおかみ》型の獣人とその群れの討伐が、今回の依頼だ。数が多いということで、二等団員の一家と共同で引き受け、報酬は仲良く折半という約束だ。今さら討伐した数で報酬の割合を変えるというのは、揉《も》め事《ごと》の火種にしかならないだろう。

「あ、おじいちゃん腕くっついた？」

トーナが老兵の右腕に関心を向けた。

「あぁ、もうこの通りじゃ。セリアルちゃんはさすがだわい」

「でしょ～？」

どや顔を見せるトーナに、褒められた当のセリアルも顔を赤らめつつもじもじとしている。

「これからも異世界生命《いせかいせいめい》をよろしく頼むよ？　『悲しさも貧しさもぶっ飛ばす！』ってね！」

「もちろんじゃよ。全く、こんな良《い》いもんがもっと早くにあればのう」

やや惜しげに言っているのは、眼帯を着ける右目を気にしてのことだろう。曰《いわ》く、駆け出しの頃に無茶をして失ったのだそうだが、それもセリアルと保険があればどうにかなったのかもしれない。

「それにしても、セリアルちゃんは防御魔法も大したもんだよなぁ」

双子の兄の方が感心したように言うと、弟がそれに賛辞を続ける。

「もうハンナさんと肩並べられるんじゃないか？」

「さすがにそこまでは……でも、お役に立てて嬉《うれ》しいです」

セリアルは謙遜するが、ルンも二人の評価には同意だった。

回復担当として雇ったセリアルは、自衛団《じえいだん》の活動にも協力したいと申し出てくれて、そのためにハンナに師事した。ハンナも魔術学院の後輩の弟子入りは嬉《うれ》しかったのか、二つ返事で引き受け、暇さえあれば防御魔法を教え込んでいる。

「クラウさん達、明日には帰ってくるはずだから、自慢してやんなよ」

メリディエスという都市で開かれている自衛団《じえいだん》の会合に、クラウを始めとする一等団員の四人は、一昨日から赴いている。半年に一度開催されるこの会合では、近隣の都市の一等団員が一堂に会し、魔族や魔獣に関する情報交換の他、団員の教育や推薦といった事務的な事柄についても話し合われる。クラウが言うには、この会合でトーナのことを話して、特例で正規団員として推薦するつもりだということで、トーナも舞い上がっていた。

トーナが正規団員になれば、ルンの付き添いは不要になって、営業に割ける時間も大幅に増える。足を引っ張ることもなくなるし、一石二鳥というわけだ。

「よ～し、撤収！」

ルプスの首をルンが切り落として、布袋に放り込む。これを持ち帰れば討伐完了の証拠になって、報酬を支払ってもらえる。

森を出て、ヴィンジアに繋《つな》がる道に待たせた馬車の荷台に、布袋を投げ込む。馬車を引くのは馬ではなく、ロストリアの子であるりゅーのすけとりゅーこだ。

「帰るよ～」

ルンとセリアル、それに老兵一家が荷台に乗り込み、トーナが御者席に座って手綱を取ると、りゅーのすけとりゅーこが声高に吼《ほ》えて、走り出す。飼い始めてから一ヶ月。すっかりトーナを親と認識している二匹は、背丈もトーナの腰の高さほどまで成長し、人を六人も乗せた馬車を軽々と引っ張れるほどに逞《たくま》しく成長した。念願のマイ馬車も思わぬ形で手に入れることになって、トーナも得意満面だ。

3

事務所に戻って報酬を受け取り、老兵一家と別れて市場で食事の買い出しを済ませると、一行は東の街の郊外の借家に帰宅した。ペルグランデを討伐した報酬で借りたこの家に、今はセリアルも一緒に住んでいて、二階の二部屋をトーナと分け合って使い、代わりにルンがりゅーのすけ達と一緒にリビングで寝るようになった。

「あの、ルンさん」

アオメのムニエルに豆とニンジンのスープ、安い黒パンで夕食を終え、就寝までの穏やかな自由時間。二階の部屋から降りてきたセリアルに呼ばれて、リビングのソファで資料と睨《にら》めっこに興じていたルンは顔を上げた。

「あ、宿題終わったの？」

「はい」

「そっか。リンゴでも食べる？」

テーブルの上のリンゴを勧めてみる。つまみ代わりに切ってみたが、さっきからカイリばかりが食べていて、ルンも手をつけていない。

「いえ、お腹《なか》は空いてないので」

申し訳なさそうに両手を前に出して、セリアルは遠慮する。いつもは宿題を終えるとすぐに寝てしまうか、風呂上《ふろあ》がりのトーナと果物を肴《さかな》に女子会トークで盛り上がるのだが、どうにも神妙な様子だ。

「何かあった？」

悩み事でもあるのだろうか。もしや学校でいじめられているとかか。それなら大人として、毅然《きぜん》とした対応を取らなければなるまい。トーナに動かれる前に火消をしなければ、確実に大事になる。

「ちょっと教えてほしいことがあるんです。お時間大丈夫ですか？」

「うん、良《い》いよ」

どうやらいじめの類ではないらしい。一安心したルンは、向かいのソファに座るよう手で促す。

ソファのすぐ隣で並んで寝息を立てるりゅーのすけとりゅーこに気を遣ってそっと座ると、セリアルは微《かす》かに顔を赤らめながら、躊躇《ためら》いがちに切り出した。

「男の人にはどんなものを贈ると喜んでもらえるのでしょうか？」

「贈り物？」

「はい……」

セリアルは顔を赤らめて目を伏せる。気恥ずかしそうなその態度を見れば、大抵はその心中を察するものだ。

「ルンさん、お風呂《ふろ》空いたよ～」

そこへ入浴を終えたトーナが戻ってきた。最近新しく買った白のネグリジェを着て、赤らんだ肌からはほんのりと湯気を立たせている。

「あれ、二人ともどうかしたの？」

リビングで向き合うルンとセリアルを見咎《みとが》めて、トーナが訊《き》いた。ルンの隣に座るトーナに、セリアルが頬を赤くしながら応じた。

「昨日相談してた件で……」

「あ～」

どうやらトーナが先に相談を受けていたらしい。そうなると、何とアドバイスしたのかが少し気になる。

「あたしはやっぱり、手作りのお菓子とかが良《い》いと思うんだよね。ガレットとかで良《い》いんじゃない？」

この世界にもガレットが存在したことはちょっとした驚きだった。砂糖は値が張るからあまり使われないが、この東の街にも売っている店がある程度には庶民に知られたメジャーなお菓子だ。

「でも、お菓子なんて作ったことがなくて……」

「大丈夫だって。こういうのは形とか味なんかより、気持ちが大事だから！」

トーナが得意満面に断言した。ルンもそれに異論はなく、

「女の子からもらったものは、何でも喜ぶよ。男ってそういう生き物だから」

「そ、そうなんですか？」

「うん。喜ばないとしたら、甘いものが苦手とかかな？」

そう言って背中を押してあげたルンに、トーナが好奇心を覗《のぞ》かせつつ訊《き》いた。

「ちなみにルンさんはお菓子好きな方？」

「好きだね」

「へぇ〜。だってさ、セリアル！」

トーナが満面の笑みを向けると、セリアルの顔が一気に紅潮した。

「え？　どうかした？」

「な、何でもないです！　何でも！」

「セリアルね、ルンさんに何かプレゼントしたいんだって」

「わ〜！　い、言わないでくださいよトーナさん！」

悲鳴のような声を上げるセリアル。足下で寝息を立てていたりゅーのすけとりゅーこも目を覚まして、何事かと目をぱちくりさせている。

「俺の誕生日、まだ先だけど？」

そういえば、死んだ時点と今とでは季節が違い過ぎる。次の誕生日で何歳になるのだろうか、などと考えていると、セリアルが釈明のようなことを言い出した。

「お、お礼をしたいと思いまして……」

「お礼？」

「魔術学院に戻れたのはルンさんのおかげですし、今はトーナさん達とも暮らせて寂しくなくなりましたから」

魔導士としての将来を閉ざされて、一人で暮らしていたのも、もう昔のこと。今はこの家でルンやトーナと三人で暮らしているし、何より魔導士の道がまた開かれたことが、セリアルにとっては幸せなことで、そのことに恩を感じているようだ。

「じゃあ、ガレット楽しみにしてるよ」

赤らめた顔を上げたセリアルに、ルンはそう言って笑みを見せた。

「は、はい。頑張りますっ！」

嬉《うれ》しそうに笑顔を弾ませるセリアル。そのそばで、トーナが腕を組んでうんうんと頷《うなず》いている。良《い》い感じに背中を押してあげたとでも自画自賛しているのだろう。

「トーナちゃんも男子にお菓子作ってあげたことがあるの？」

セリアルの代わりに仕返しをしてやろうと、そんなことを訊《き》いてみると、トーナはあっさりと首を横に振った。

うんうん

「ないない。どっちかというともらってた方だし」

あげたこともないのに何を根拠にお菓子が良いなんて言っていたのやら。勢い任せで適当な社長に、ルンは半ば呆《あき》れつつ、トーナの自慢話につき合《あ》う。

「バレンタインデーとか、運動部にも負けなかったからね。手紙もらったこともあるし」

「何か分かるよ。スクールカーストトップの雰囲気あるし」

「そうかなぁ？」

半信半疑な言葉とは裏腹に、トーナは自信満々。だがあれだけ華麗な立ち回りができる整った顔立ちの女子となれば、男女問わず人気なのは不思議なことでもない。

「トーナさんは、好きな人とかいらっしゃったんですか？」

興味津々《きょうみしんしん》な様子でセリアルが訊《き》いた。

「ジェイソン・ステイサム」

真剣な顔で即答したトーナ。名前で答えても分からないだろうに。

「ど、どなたですか……？」

「ハリウッドスターだよ。超男前でかっこいいの！　ね、ルンさん？」

「うん、あれはかっこいい」

首肯しつつ、この子嗜好《しこう》が年増なんだよな、とルンは内心思った。

「でもジェイソン・ステイサムよりシュワちゃんの映画ばっか引用するじゃん」

「シュワちゃんだってかっこいいよ！　それに、あたしにとってシュワちゃんは乳母みたいなもんなの。分かる？」

「まぁそうだろうとは思うけどさ……」

「あの、さっきから一体何の話を……？」

「シュワちゃんはかっこいいって話だよ！」

いや、そうじゃない。ルンが軌道修正を試みる。

「同級生に気になる子はいなかったの？」

「同級生はいなかったなぁ。ていうか、男子から告られたことすらないよ？」

「へぇ……」

意外とばかりに、セリアルが驚く。

「何か女子の先輩にモテてた」

セリアルは新しい世界を垣間見《かいまみ》たかのように、トーナに目が釘《くぎ》づけになっていた。

「まぁとにかく、楽しみにしてるから」

話題も一段落着いた頃合いだ。ルンがそう言ってセリアルを激励すると、

「ありがとうございます。じゃあ、おやすみなさい！」

頬を赤らめたままぺこりと一礼し、パタパタと二階に駆け上がっていった。りゅーのすけと
りゅーこもリビングが落ち着きを取り戻すと、静かに横になった。

「いやぁ、若《わか》いって良《い》いなぁ」

トーナがそんなことを言って、ため息を吐く。自分だってセリアルと同年代のくせに、とは言わないことにした。

「あ、ルンさんお風呂《ふろ》」

思い出したようにトーナが促した。入浴の順番は基本的にセリアル、トーナ、ルンの順番だ。最初はトーナが一番風呂《ぶろ》だったのだが、四五度のお湯に頑固親父《おやじ》のように拘《こだわ》るトーナと、熱湯《あつゆ》が苦手なセリアルとの兼ね合いで、やむなくセリアルが先に入り、その後魔法で湯を温め直してからトーナが入るという、めんどくさいルールが出来上がってしまったのだった。

「俺はもうちょっとしてから入ろうかな。まだ熱そうだし」

ルンも四五度のお湯に浸れるほどの耐性はないので、もう少し時間を置いてから向かうことにすると、横からトーナが資料を覗《のぞ》き込んだ。

「それ何?」

「今日クロアさんに渡した資料の原本」

端的に答えて、ルンは書類をテーブルに置く。

「営業職員を増やしてもっと売り込め、だってさ」

「保険の営業ってそんな簡単にできなくない? あたし無理だよ?」

頼る前に拒否されて、何ともいえない気持ちになる。とはいえ、迷惑をかけたくないというトーナなりの気遣いなのは分かるから、特に言い返したりはしない。

「そうなんだよなぁ。そもそも保険の販売って資格要るからね。この世界にはそういうのないけど」

「色々と小難しそうだもんねぇ」

知ったような調子で言いつつ、テーブルから飛びついてきたカイリを受け止め、肩に乗せる。

「ルンさんって、資格はどんなの持ってたの？　ＦＰとか？」

「ＦＰなんてよく知ってるね」

「何か聞いたことあるから。で、持ってたの？」

興味津々《きょうみしんしん》に追及してくるトーナに、ルンは得意顔で答えた。

「ＦＰなら二級持ってるよ。あと簿記三級とビジネス実務法務検定三級、応用情報と、ベンダー資格はクラウド関係が五個。ＴＯＥＩＣは……七〇〇点かそこらだったかな？」

「すっご！　あたし英検三級しか持ってないのに！」

「トーナちゃんは高校生じゃん。ＦＰとかは、昇格試験を受ける前に取っとかないといけないんだよ。だから俺の同期はみんな持ってる」

「へぇ～」

感心しきったようなトーナの声に、ルンも悪い気はしない。

「何でそんなに保険に拘《こだわ》ったの？　ルンさんくらいできる人なら、銀行とか商社にも行けたでしょ?」

高給取りのイメージが強くて華やかな業界を挙げてみたのだろう。女子高生にしては渋いチョイスだなと、ルンは苦笑する。

「保険が一番人の役に立つんじゃないかなー、って思ったんだよ。トーナちゃん、保険会社のCMとかって見たことある?」

「何か感動的な歌流して写真映すやつとか?」

「そうそう。あと、フィギュアスケートの映像流してかっこいい曲流したり」

「あるある!」

「保険会社の企業説明会って、ああいうの流すんだよ。で、保険の役割とかを説明したりするんだけど、それ聞いて感動しちゃったんだよね。『あぁ、人の役に立ててかっこいいなぁ』って。だから、保険で誰かの役に立って、その人から『ありがとう』なんて言われてみたいなぁ、って思って、保険会社を選んだんだ」

我ながら単純な発想に、恥ずかしさを覚えるが、トーナはそれに同意してくれた。

「良《い》いな〜。すごいかっこいいじゃん、そういうの」

「まぁ、『ありがとう』なんて一度も言われなかったけどね」

自分で言い出したのに少し気まずく思って、笑って誤魔化した。

「営業やってたのは三年目までで、それまで自分の客で保険金の支払いは発生しなかったからね」

「あれ、そうだったんだ。何で営業止めちゃったの？」

「外された、って感じかな。客からクレーム入れられて、そこから成績ガタ落ち。支店長にも見限られて、『お前大学でITやってただろ』って、情報系の子会社に飛ばされちゃったんだよね」

「へぇ〜、ルンさんがクレーム入れられるなんて、想像つかないよ」

そう思ってくれるのはありがたいが、余計に気まずい。

「まぁとにかく、俺のサラリーマン生活はそんなにかっこよくなかった、ってことだね」

無理に締めくくって、安酒を呷《あお》る。トーナは腕を組んで唸《うな》ってから、

「社会人って、大変なんだね」

「あ、分かってくれる？」

「うん。だってルンさん、きっとすごく我慢してたと思うし」

トーナの穏やかな声に、ルンは呆気《あっけ》に取《と》られた。

「ルンさんの営業見てたら、クレーム入れられるようなところなんかないもん。めんどくさいこと質問されても顔色一つ変えずに応対するし。それでもクレームを言ってきたんだったら、その客がおかしいか、ルンさんがおかしくなるくらい我慢してたんじゃないかな？」

どうやって応じるべきか、ルンは悩んで言《い》い淀《よど》み、それにトーナは続ける。

「まぁ昔のルンさんは大変だったかもしれないけどさ。でも、そういう社会人なりのしんどさ？　みたいなのは、この世界にはないんじゃないかな？」

異世界生命保険相互会社《いせかいせいめいほけんそうごがいしゃ》の営業マンはルンだけ。クロアから数字を出せと言われたが、高圧的な物言いをされたわけでもないし、トーナがルンのやりたいことを否定することもないだろう。

昔の自分を抑え込んでいたものは、この世界にはない。

「帝国生命のルンさんは、色々と我慢をしてきたのかもしれないけど、だったらこの世界で好きなようにしてみたら良《い》いんだよ。そのためにあたし達は、寿命まで生きるよう神様に言われたんだから」

「そうかな」

「あたしはそう思って毎日全力で生きてるよ！」

トーナが全力なのに異論はない。よくもあんなに振り切った戦い方を毎日できるものだと感心するばかりだ。

「だからルンさんも、こっちでは我慢なんかしなくて良《い》いよ。異世界生命《いせかいせいめい》を自分の理想通りの会社にして、理想通りの仕事をすれば良《い》いんだよ。まぁ、社長はあたしだけどね！」

どや顔で締めくくったトーナに、ルンは吹き出した。

「じゃ、あたしもう寝るから。明日も営業行くんでしょ？　飲み過ぎちゃダメだよ」

「了解です、社長」

階段を上って私室へ向かうトーナを見送ると、ルンは残った安酒をひと思いに飲み干す。酔うためだけの味の悪い酒が胃を焼くのを感じながら、ソファに横になると、トーナとのやり取りが頭の中を駆け巡り、気まずさがぶり返してきてため息を漏らす。

理想通りの仕事、と簡単に表現できるのは、子供故の純真さからだろうか。三〇歳の大人がそんな表現をしようものなら、具体的にはどんなものかと追及されるし、その答えを今のルンは持ち合わせていない。

そんなキラキラしたものは、とっくの昔に捨ててしまったし、新しく見つけたはずのそれすらも守れなかったのだから。

4

就職活動が始まった時、これといった軸などなかったし、志望業界もなかった。当時から就活の一環として取り組まれていたインターンシップに友人が参加しても、何となく忌避したたし、就活に着手したのも解禁されたその日からだった。

友人に勧められて登録した就活サイトをぼんやりと流し見していき、大手だからという理由で申し込んだ生命保険会社の企業説明会で、そんな惰性的な就活はあっさりと終わりを迎えた。

説明会で流された、生命保険のＣＭ。感動的で感傷的な演出の鏤《ちりば》められたその内容に心動かされたルンは、生命保険の担《にな》う役割について説明を受けて、この業界への就職を決意した。

生命保険を通じて、契約者やその家族を守りたい。病気や事故から人々の未来や夢を守り、将来の不安を解決して、安心して生きていけるようにサポートしていきたい。ついさっきまで「相互会社《そうごがいしゃ》」という形態も知らない、それどころか生命保険と損害保険の違いも理解できていなかったかもしれないのに、説明会が終わった頃にはそんな理想を抱いていた。

そうと決まれば、後はとんとん拍子で話は進んだ。大学は都内の名門私立大学で、成績も優等生の部類。課外活動も人並みに取り組んできた。一足先に就活に勤《いそ》しんでいた友人や卒業を控えた先輩を頼って、自己分析を進めていき、業界のＯＢ・ＯＧに片っ端から連絡を入れて業界研究と就活対策を聞いて回った。その甲斐《かい》あって面接で苦労することも特になく、早々に内定をいくつも獲得し、その中で帝国生命を選んだ。

総合職として入社して、希望通りに営業として配属され、そこで目の当《まあ》たりにした営業の現場は、理想とは少し違っていた。

営業に求められるのは何よりも数字だ。新商品が作られればそれを売り込み、本部から強化指定された商品を積極的に提案する。成績がノルマ未達なら反省会という名目で上司に詰められ、それでも無理なら営業から外される。分かりやすい弱肉強食の世界だった。

その世界で生き残るために、ルンは必死に足掻《あが》いた。強化指定の商品に、その年に発売された新商品、成績に反映されやすい商品を積極的に売り込んだ。今は必要なくても、いつかきっとこの人の役に立つ。そう信じて、支店仕込みの営業スクリプトを器用に使い分けて売上を伸ばしていき、一年目にして全国五位の成績を挙げて表彰もされた。

飛ぶ鳥を落とす勢いが陰ったのは、三年目の春先のこと。二〇年来の客だという独居老人の契約見直しをして、高齢者向けの年金保険に切り替えさせた矢先、親族から本社に名指しで詐欺に遭ったとクレームを入れられ、解約されてしまった。

本社からは訓告処分を受けたが、それ自体が大きな痛手となることはなかった。いつも厳しい支店長からも「切り替えて頑張れ」とだけ励まされた。

だが、その日からルンの成績は下降の一途を辿《たど》った。必死に数字を追いかけていく中で、保険を通じて契約者を守りたいという初心を見失っていたことに気づかされたルンに、これまでのような営業はできなかった。

三年目が終わろうとしていた二月の末、システム開発を担《にな》う子会社への出向を命じられて、営業の現場から離れることになった。学生の頃から培《つちか》ってきたＩＴ知識を活《い》かしてほしい、との支店長からのお言葉だったが、見限られたことは容易に察しがついた。訓告を受けてから一向に成績は好転せず、挙げ句同じ支店に配属された大学の後輩に成績で負けたことで見限られ、ルンの営業マンとしてのキャリアは終わったのだった。

5

「いてっ……」

ソファから転げ落ちて、曖昧な夢の世界からの帰還を果たしたルンは、窓外の慌ただしさに頭痛を覚え、顔を顰《しか》めた。

「あ、ルンさん！」

外出から帰ってきたトーナとセリアルが駆け寄ってきて、ルンは重たい上体を起こす。

「すごい騒ぎになってるよ」

「何かあったの？」

「隣の街の兵隊と貴族が、この街に来てるみたいです。兵隊の偉い人が、自衛団《じえいだん》の事務所に押しかけてるらしくて……」

隣の街の兵隊と自衛団《じえいだん》の事務所が結びつかず、首を傾《かし》げる。二日酔いの頭を咎《とが》めるかのようにりゅーのすけとりゅーこに背中を小突かれ、ルンは逃げるように立ち上がった。

「よく分かんないけど、とりあえず事務所に行こうか」

元々、今日は団員向けの保険説明会を予定していたから、どうせ事務所には行かなければならなかったのだ。状況を知るにはちょうど良《い》い。

いつものスーツに着替えたルンは、トーナと二人、事務所へ向かった。セリアルは魔術学院へ登校し、りゅーのすけとりゅーこは留守番だ。

外円の自衛団《じえいだん》事務所までは、徒歩で二〇分程度。その道中で漏れ聞こえてきた市井《しせい》の人々の噂話《うわさばなし》は、存外に物騒な内容だった。

曰《いわ》く、反乱軍が攻めてきただとか、外国と戦争が始まっただとか、果ては魔王が現れただとか……荒唐無稽な話ばかりが聞こえてきて、すれ違う顔見知りの住人がそんな根も葉もない噂《うわさ》を垂れ流しているのが、どうにも不愉快だった。

「隣の街って、クラウさん達が行ってるところかな？」

隣を歩くトーナが、不意にそんな問いを投げかけた。

「それはないよ」

不安を滲《にじ》ませるトーナの横顔を見咎《みとが》めたルンは、それを拭うように答えた。

「あいつらが負けたりなんてしないでしょ」

「そうだよね」

「そう。一等団員がみんな出払ってるから、応援を呼びに来たとかじゃないかな？」

この周辺でヴィンジアほどに人口の多い街は存在しない。クラウ達が出張しているメリディエスという街ですら、ヴィンジアの一割にも満たない人口にして、この一帯では二番目に大きな都市なのだ。当然、それだけ人口に差があれば団員の数にも大きな隔たりはある。一等団員でなくても応援を要請されるのは、特段珍しいことでもないのだ。

やがて事務所が見えてくると、その様子は傍目《はため》に見ても分かるほど異様だった。帝国軍の藤《とう》黄《おう》色の旗がいくつも風に靡《なび》き、その下では槍《やり》と盾を引っ提げた屈強な兵士が何十人と整列している。まるでこれから戦争が始まりそうな物々しい空気に、ルンとトーナは一度足を止めるが、やがて事務所の玄関から飛び出してきた受付嬢が、二人を見るなり表情を明るくして、声をかけた。

「る、ルンさん、トーナさん！　良かった、来てください！」

希望を見つけたとばかりの表情から、ひっ迫した声で手招きする受付嬢。どうしたことかと思いつつ、二人で帝国軍の兵士達の間をすり抜け、玄関に向かう。

「何があったんですか？」

「詳しい話は奥で。街の人に聞かれるわけにいかないみたいで……」

受付嬢がトーナの問いをはぐらかして、玄関を開ける。いつもの受付と、併設される食堂。そこでは顔馴染《かおなじ》みの団員が一〇人ほど、暗い顔を俯《うつむ》かせている。それに大柄な帝国軍の兵士が向き合うという、意味不明な構図が出来上がっていた。

「さぁ、どうだ？　報酬は一億。街を救い、巨万の富を手に入れようという者は、ここには居《お》らんのか？」

上品なひげを蓄えた藤黄《とうおう》色のジャケット姿の男は、何とも威圧的で挑発的な言葉を団員達に投げかける。自衛団《じえいだん》は帝国軍の下部組織ではないのだから、そんな態度を取られる謂《いわ》れはないのだがと、内心ルンは苛立《いらだ》つ。

「あの、将軍。先ほどお話ししたうちの一組です」

受付嬢は三歩ほど離れた位置から、ひげの将軍に声をかけた。両脇でロングソードを差す護衛の二人とともに、ルンの方へ向き直った将軍は、高圧的な目つきでルン達を値踏みするように睨《にら》み、そしてふん、と不満そうに鼻を鳴らした。

「一人は子供ではないか。これがこの街で今一番の団員だというのか？」

「実力はクラウさんやオルガンティノさんも認めています。このお二人なら、メリディエスの奪還も叶《かな》うはずです」

「ちょっと、話が見えてこないんだけど」

将軍と受付嬢のやり取りに、トーナが割り込んだ。

「メリディエスってクラウさん達が行った街でしょ。その奪還って、どういうこと？」

「言葉の通りだ」

将軍はまた威圧的に応じて、トーナを見下ろす。

「昨日、メリディエスがエルフに襲われた。街は陥落し、今もエルフが居座っている。これを討伐してほしいのだ」

「クラウさん達は？」

「さあな。我々は市民の護送を行っていたから、詳しい戦況については知らん」

シレっと答えた高慢な将軍に、今度はルンが聞《き》き咎《とが》めた。

「何でお前らは戦わなかったんだ？」

「何だと？」

「街が襲われたんだろ。何でお前らだけ逃げてきてるんだよ？　クラウ達に加勢して戦うのが兵士の役目だろ」

「我々の使命は外国の敵から市民を守ることだ。魔族討伐はお前達自衛団《じえいだん》の仕事。我々が戦う道理はない」

そういう棲《す》み分《わ》けなのは知っている。だが、それは飽くまで平時の話のはずだ。街が危機的な状況なのに、それに目を背けて逃げてくるのは、少なくとも生前世界の価値観では、軍人のすることではない。

「だったら、その市民はどこにいる？」

憤《いきどお》るルンは、なおも将軍に噛《か》みついた。

「メリディエスの人口は二〇万人だろ。そいつらどこにいるんだ？　お前ら、貴族だけ連れて逃げてきて、平民は見捨てたんじゃないのか？」

この帝国の兵士がどういう連中か、ルンはよく知っている。上流階層の住む街だけを警護し、そこに入り込んだ平民に暴力を振るい、ゴミ箱に捨てる。平民の住む街に蔓延《はびこ》るゴロツキを取り締まることはなく、街の治安は守ってくれない。

そんな奴《やつ》らが、人口の大半を占める平民を気に掛けるか。そんなはずはない。現にこの街に、そんな大人数が逃げ込んだ気配はないのだから。

つまりこの偉そうな将軍は、貴族連中の護衛を理由に大軍を率いて、守るべきメリディエスを捨てて、この街に逃げてきたのだ。そしてそんな醜態を、「仕事の範疇《はんちゅう》ではない」という尤《もっと》もらしい詭弁《きべん》で言い繕っているに過ぎないのだ。

「恥ずかしくないのか、お前ら？」

威圧的な態度のまま押し黙る将軍に、ルンは抑えきれず、侮蔑に満ちた言葉を吐き出す。

「クラウ達に全部押しつけて、自分達だけ逃げてきて……何が帝国軍だ。ただの腰抜けじゃねぇか！」

「貴様、誰に向かって口を利《き》いている⁉　私は将軍だぞ⁉」

「将軍だろうが腰抜けは腰抜けだろ！　だったらどういうつもりで逃げてきたんだ？　言ってみろよ！」

「ルンさん落ち着いて！」

今にも摑《つか》みかかりそうなルン。護衛の二人が柄に手をかけると、事態を見守っていたトーナも慌てて仲裁に入る。

「腰抜けは貴様らの方ではないか。我々の要請に応じる気がないばかりか、大半はとっくに逃げ出したぞ」

「は？　どういうこと？」

聞《き》き咎《とが》めたトーナは、しかしすぐに将軍の物言いの意味するところを察した。

この時間になると、事務所に屯《たむろ》する団員は少なくとも数十人はいるはずだ。それが今は、二等団員の中で比較的実力のある者が一〇人しかいない。

他の団員はどこに行ったのかといえば、想像に難《かた》くない。逃げたのだ。依頼を受けて出かけた可能性など、この状況下では考えるだけ無駄だろう。

「クラウ達が勝てない魔族を、俺らがどうこうできるわけねぇよ」

そんな弱音を吐いたのは、無精ひげの二等団員だ。ルンと同じロングソードの使い手だが、腰の得物は本人のへっぴり腰も相俟《ま》って情けなく見える。

「クラウさん達が負けるわけないでしょ。何で決めつけるの⁉」

声を荒げるトーナに、一同は押し黙る。

「貴様らが職務を果たさないというなら結構。我々は帝都へ向かい、討伐隊の派遣を要請する。貴様らはもう用済みだ。ここで勝手に死ぬが良《い》い」

「ま、待ってください将軍さん！　オルガンティノさん達がお昼過ぎには来ますから！」

「どうせその二等団員もここにいる腰抜けどもと変わるまい。時間の無駄だ！」

引き留めようとする受付嬢に吐き捨てて、将軍は護衛とともに事務所を出ていった。

「帝都の自衛団《じえいだん》に任せよう。どのみち俺らじゃどうしようもないんだから……」

二等団員の一人のそんな呟《つぶや》きに、他の団員も無言のまま同調する。

一等団員の四人と比べれば、彼らの実力は大きく劣る。理性的な判断なのは間違いない。

それでも、負け犬根性の滲《にじ》んだその態度が、ルンには受け入れられなかった。

「偉そうに言って、結局逃げてるだけじゃん」

玄関から出ていく将軍の後ろ姿に、トーナが吐き捨てる。帝国軍に向けられたその軽蔑の言葉は、その場にいる団員達に刺さり、俯《うつむ》かせた。

6

事務所から自宅に戻ると、学校に行っていたはずのセリアルが帰ってきていた。

「あ、二人ともお帰りなさい」

「あれ、学校は？」

「それが、臨時休校だそうでして……」

ばつが悪そうに、セリアルが続ける。

「登校してるのも東の街の人ばかりで、西の生徒は家族と一緒に街を出るみたいです」

「それ、メリディエスが魔族に落とされたのと関係してる？」

「そうみたいです」

貴族は帝国軍を連れて、帝都まで逃げるつもりだろう。東の街や外円の街の庶民は、このままでは置いてきぼりを食うことになる。

「どいつもこいつも……」

ルンは憤《いきどお》り、舌打ちを漏らしてソファに座る。庶民を守るのが貴族の役割であるべきなのだが、この世界にはノブレス・オブリージュという考えは根づいていないらしい。それなら一体、貴族は何のために存在するのかと、問《と》い質《ただ》してやりたい。

「何かあったんですか？」

「色々とね～」

心配するセリアルにトーナがはぐらかすと、玄関が落ち着いた調子でノックされた。

「はい？」

トーナが声を張って、玄関へ駆けていく。ドアを開けると、黒地のメイド服を着たマナリアが、黒のコートを着込んだゴブリンのクロアと二人、軒先に立っていた。

「クロアさん……どうしたんですか？」

ソファに座ったまま玄関の方を見守っていたルンが、来客に立ち上がる。クロアはマナリアとともに、家主の許しを得る前に敷居《しきい》を跨《また》ぎ、居間へ入ってきた。

「メリディエスの件は、もう知っているな？」

挨拶もなしに切り出された本題に、ルンは不穏な気配を察知した。

「貴族と金持ち達は、帝都へ避難するつもりだ。私も北へ逃げようと考えているが、君達も来るかね？」

「護衛として雇いたいってことですか？」

街の外は魔獣に魔族に盗賊と、危険で溢《あふ》れている。メイドのマナリアだけを連れて逃げるのは、心許《こころもと》ないのだろう。

「要するにそういうことだ。それに、君の保険にも魅力は感じている」

「それはどうも……」

ありがたいことだと頷《うなず》きつつ、

「でも、帝都から討伐隊が来るんでしょ？　それを待つのは？」

「ここから帝都まではどんなに急いでも三日はかかる。それをあの大所帯で移動するんだぞ？　討伐隊が編成されたとして、到着する頃には、この街は魔族に落とされている。ここに残れば死ぬだけだ」

淡々と告げるクロアには、事務所の団員のような迷いや怯《おび》えは感じられない。

「でも、この街の人と保険契約してるんだよ」

異議を唱えたのはトーナだった。

「自分達のことを優先して、契約してくれた人を置いていくなんてできないよ」

「保険の契約は身辺警護のためにあるのではないだろう？」

「そうだよ？　でも、あたしは自衛団《じえいだん》でもあるからね。討伐隊がそんなに遅いんだったら、あたしが倒すよ」

自信満々に言い切ったトーナに、クロアは首を振る。

「そんな危険を冒して何になる？　ここは逃げるのが冷静な判断というものだ」

「そんなことしたら契約違反になるでしょ！　契約者が死んだら、その遺族にお金を払うのがあたし達の仕事なの。だったらやられる前にやる！　これが一番手堅いよ！」

「それなら訊《き》くが、街が壊滅した場合の保険の支払いはどうするつもりだね？」

強硬論を崩さないトーナに、クロアはため息を吐いて問いかけた。

「仮に君が勝てず、この街が壊滅して、契約者が全員死んだとしよう。死亡保険の契約件数は六九九件。一件当たり五〇〇〇万だから、合計で三四九億五〇〇〇万バルクの保険金が必要になる。君達に支払えるのかね？」

「あたしは負けないもん！」

「何を根拠にそう言っている？　神にでも守ってもらえるのかね？」

皮肉めいたその物言いに、トーナは怯《ひる》む。

「君達の素性は彼から聞いている。それで、君達をこの世界に寄越した神は、常に君を勝たせてくれるのかね？」

「そんなことはないけど、あたしは負けないよ！」

「その根拠を答えられないなら、君はまだ子供だな。話にならん」

バッサリと切り捨て、それ以上問答をするつもりはないとばかり、クロアはルンの方へ向き直る。

「すぐに全額支払うだけの大金は、私にも用意することはできない。今ここで馬鹿正直に対応すれば、破滅以外の未来はない。君なら分かるな？」

「えぇ、そうかもしれませんね」

他の街で再起を図り、そこで保険をやり直せば良い。つまりはそういうことだ。一等団員にどうすることもできなかった魔族など、災害も同然。契約に拘《こだわ》っても犬死にだし、そもそも支払う余力もない。

さすが、人類が多数派の世界で魔族の端くれとして、迫害される職業で生き続けてきただけはある。悪名は無名に勝るとばかりの開き直りがないと、この世界では生きていけないのだろう。

「あたしは一人でも行くよ、ルンさん」

トーナはルンを睨《にら》み、啖呵《たんか》を切る。

「ルンさんはクロアさんと逃げれば良いよ。その代わり、ここで終わりだからね。次会っても、無視するから！」

絶縁宣言にセリアルがオロオロし、スカートポケットからカイリが顔を出し、部屋の隅で様子を見守っていたりゅーのすけとりゅーこは寂しげに喉を鳴らす。

「クロアさん、一つ考えがあります。それにおつき合いいただけませんか？」

拗《す》ねるトーナに一瞥《いちべつ》をくれてから、ルンはそう言った。

7

ヴィンジアの西側を訪ねるのは、一ヶ月ぶりだ。帝国軍の兵士に痛めつけられて以来の街の門は、やはり東の街と同じく騒然としていた。

広い庭つきの屋敷《やしき》が並ぶ大通りには、華美な外装の馬車が停《と》まり、その後ろには物資を積み込むための大きな荷車がいくつも並んでいる。そしてその間を、使用人達が忙《せわ》しなく行き交い、せっせと荷物を積み込んでいる。そんな光景が、通りの奥までいくつもいくつも続いていた。

「おい貴様！」

そんな光景をクロアやトーナ達と見守っていたルンに、番兵が迫ってくる。威圧的な物言いで槍《やり》の尻で石畳の路を叩《たた》き、そしてルンを咎《とが》める。

「貴様、以前ここに来た東の商人だな？　また性懲りもなく捨てられに来たのか？」

嘲る番兵に、加勢が二人。同じ藤黄《とうおう》色のシャツに胴体を鎧《よろい》で包んでいて、揃《そろ》って恰幅《かっぷく》がいい。

「ゴブリンまで連れてきて、今度は何だ？　金でも払って一緒に逃げたいってか？」

「お前ら平民を連れて行ってくれるわけないだろ。さっさと帰れ。また痛い目見たいのか？」

挑発的な番兵達に、トーナが不快感を露《あらわ》にして、ホルスターに手を伸ばす。

「トーナちゃん、落ち着いて」

ルンが窘《たしな》めると、

「喧嘩《けんか》売られに来たの？　あたしもう帰りたいよ」

「落ち着いて。すぐに忙しくなるから」

苛立《いらだ》ちを見せるトーナにそう笑みを返して、前へ向き直ったルンは声を張った。

「西の街の皆さん！　私は、異世界生命保険相互会社《いせかいせいめいほけんそうごがいしゃ》の、日笠月《ひがさるん》と申します。今日は避難をご予定の皆さんに、素敵な保険プランをご提案に参りました！」

よく通ったその声に、使用人とそれに紛れた主人達が足を止め、ルンに関心を向ける。その一瞬を逃すことなく、ルンはさらに続けた。

「皆さんがこの街に置いていった財産が魔族に壊された場合、その全額を補塡します。保険料は一〇〇〇万バルクの掛け捨て、今回限りの特別サービス！　一〇〇〇万払えば、家でも宝石でも金でも、何でも全額補塡します！　たとえ何億、何十億でも、異世界生命保険相互会社《いせかいせいめいほけんそうごがいしゃ》が全て！」

「な、何を言っているんだ、この大法螺《ほらふ》吹きめ！」

番兵が聞《き》き咎《とが》めるが、その背後では住人達が一様に関心を向けている。

東の街で流行《はや》りつつある、ホケンという商品のことを、彼らも知らないわけではなかった。

ただ、そんなものの世話になるほど困ることはないから、興味がなかったのだ。

だが今は命に関わる危機が迫っている。しかも、今の状況に憎たらしいほど嚙《か》み合《あ》っている提案がなされたとなれば、否応《いやおう》なく関心を向けざるを得ない。

問題は、その内容に現実味があるかどうか。それをルンも分かっていて、期待に応えるべく声高に告げた。

「保障の財源は、こちらのクロアさんによる緻密な投資計画と、同胞への呼びかけで集まった資金になります。その額なんと二五〇〇億バルク！」

トーナとセリアルは啞然《あぜん》としてルンを見つめていた。そんな話はしていない。ついさっき、数百億ですら準備できないと言われたばかりなのだ。

明らかな噓《うそ》。詐欺。こんなこと、クロアが許すはずもないと思っていると、

「この男の言う通り、損失は私に担保できる用意がある」

クロアは顔色一つ変えずルンに続いた。

「ただし、即日で支払うことのできる額には限りがある以上、契約が早い者から順番に補塡していくことになる。つまり、損失をすぐに埋めたければ今すぐ契約が必要だ。逃げるのも保険をかけるのも、早い者が生き残る」

力強いクロアの言葉に、早速門の近くの邸宅から小太りの男が近づいてきた。宝石商のロートンだ。

「今の話は本当かね？」

「本当です。掛け捨て保険なので一〇〇〇万は返還しませんし、今回限りの保障です。それでも良ければ、是非ご検討を」

「よし、乗った。ちょっと待っててくれ」

ロートンが邸宅へ戻っていくと、続いて身形《みなり》の綺麗《きれい》な茶ひげの老紳士がやってくる。

「君、掛け捨てとはどういうことだね？」

「解約しても返還しない、ということです。この保険はメリディエスの魔族によって出た損害のみを補填しますので、他の人的被害等については保障しません。また、メリディエスの魔族が討伐された時点で、この保険は満了となります」

「要するに、メリディエスの魔族に襲われた分は補填してくれるんだな？　なら良《い》い、ちょっと待っていなさい」

老紳士が戻っていくと、ルンは棒立ち状態の番兵に、

「これ、お前らにやる」

ポケットから取り出したのは、くしゃくしゃの紙幣。金額にして一〇万バルク程度だが、兵卒にとっては大金だ。

「街で俺達のこと、触れ回ってきてくれ。たくさん連れてきてくれたら、もう少し払ってやるよ」

三人は互いに顔を見合わせ、やがて堪えきれず笑みを漏らすと、金を掴《つか》み取《と》って街の奥へ走っていった。

「ルンさん、どういうつもり？」

事態を見守っていたトーナが堪《たま》りかねて訊《き》いた。

「クロアさんも、そんなお金用意できないって言ってませんでした……？」

セリアルも途方もない約束を前に不安げだ。

「君は優秀な商人だな。客の求めるものが何か、よく観察できている」

ルンと並んで立つクロアは、表情を変えることなく賛辞を贈った。

「連中は一刻も早くこの街から逃げたい。だが資産が多過ぎて積み込むのに時間がかかってしまうし、金目のものを積み込めば移動は遅くなり、道中で夜盗や魔獣に襲われやすくなる。帝都に着くまでの間、護衛をつけても不安は拭えんだろう」

「だから補塡してやると言って大金を払わせれば、簡単に信じてくれる。財源の根拠も示せれば、なおさらね」

ゴブリンという種族は嫌われている反面、金に関しては絶大な信頼がある。具体的な投資計画も、出資者も訊《き》かずに契約に乗り気になるのは、彼らが積み上げてきた信用によるものだ。

「で、これからどうするつもりだ？」

クロアはルンの方へ向き直って訊《き》いた。

「本気で払うつもりはないだろう？」

「ええ。あいつらには一バルクも払いません」

ルンは笑みを湛《たた》えて答え、そしてトーナの方へ目をやる。

「トーナちゃんと私で、メリディエスの魔族を倒してきます。それでこの保険は終わり。契約件数分、保険料は丸儲《もう》けって寸法です」

トーナの表情が明るくなっていく。クロアは飽くまで冷静に、

「勝算は？」

「トーナちゃんは神から好かれてます。私と違って、かなりの能力を与えられてますからね。だから、絶対に負けません」

「もし負けたら？」

「もし兆に一つで負けたら、回収した保険料は全部差し上げます。そこから死亡保険の保険金を清算して、残りは全部あなたのものです。手切れ金としては悪くないでしょ？」

番兵の呼びかけと口コミが効いたのか、奥に並ぶ邸宅からどんどん身形《みなり》の綺麗《きれい》な男が出てきて、ルン達へ向かってくる。

「つまり手切れ金の金額が、君の価値ということだ。精々稼いで、私を後悔させてみると良《い》

い」

「善処します」

8

西の街の門で受付を行ったのが奏功して、契約は順調に増えていった。出入口に立っているだけで街を出ていく金持ちと貴族が立ち寄って契約してくれるおかげで、ルン達はそこに立っているだけで契約と集金を完了することができたのだ。

夕刻前には西の街から住人は綺麗さっぱりいなくなり、街を守っていた帝国軍の兵士達も、彼らの護衛という大義名分に託《かこつ》けて街を出ていった。後に残ったのは東の街の中間層と外円の街の貧民、そして途方もない大金だった。

「契約件数は六四〇〇件、集金総額は六四〇億バルクになりました」

東の街の郊外にあるルン達の住宅。ソファに座るクロアを前に、名前をびっしりと書き連ねた数十枚の紙束を手にしたルンが集計結果を告げた。

「このうち保険金を全額支払ったとして、手元に残るのは約二九〇億バルク。これが手切れ金です、クロアさん」

「なるほど、十分だな」

クロアは口元を微《かす》かに緩めて頷《うなず》いた。

「念のため確認しておくが、西の街の連中には一バルクも返さなくて良《い》いんだな？」

「構いません。エルフに街を襲われた後なら、クロアさんの消息を追うことも難しいでしょうから、何とか逃げ切ってください」

清算してもらうのは死亡保険の保険金だけ。あの貴族と金持ち達には、何一つとしてくれてやるつもりはない。貴族は爵位があれば生きていけるし、成金《なりきん》連中だって財産の一切をこの街に置いて逃げることはない。実際のところ、街を出ていく馬車には例外なく紙幣の束を詰めたカバンやら高そうな家財道具やらを積んでいたのだから、全財産を置いて逃げた者などいないはずだ。返さなかったとしても彼らの致命傷にはならないと見込んでの、ルンからの細やかな仕返しだ。

「なら、大陸を出て島の同胞にでも頼るとしよう」

クロアも納得したようにそう言ってから、物憂《ものう》げなため息とともに続けて言った。

「金持ちどもの不安につけ入って、これほどの大金をせしめる商才を手放すのは実に惜しいが、君達の熱意に免じて要望は聞き入れよう」

「ありがとうございます。まぁ、我々は死ぬつもりはないんで、帰ってきたら取り分として半分もらいますけどね」

死ぬつもりはない。クラウ達を連れて、生きて帰ってくる。ルンはその覚悟だし、トーナもそれは同じだ。

「君達が生きて帰ったら、その時は私の取り分が三〇億増えるな?」

「そうですね。保険金を払う場合は、全部こちらの取り分から払いますし」

確認のような問いに、ルンは相槌《あいづち》を打つ。クロアは傍《そば》に立つマナリアの方に横目を向け、鼻を鳴らした。

「三〇億のための賭けとしては、まぁ悪くないな」

「どういうことですか?」

クロアの独り言を聞き咎《きとが》めるルン。クロアは構わず、傍《そば》に控えるメイドに命じた。

「マナリア、彼らと同行しなさい」

「承知しました」

恭《うやうや》しい一礼で応じるマナリア。訳が分からないとばかりに固まるルンに、クロアが答える。

「マナリアは弓と魔法の心得がある。実力なら、自衛団《じえいだん》の二等団員には劣らん。連れて行きなさい」

「良《い》いんですか?」

「君達が生きて帰る方が、私には大きな得がある。そうなるように最善策を講じるだけのことだ」

「クロアさんも素直じゃないね~。あたし達に死んでほしくないって、正直に言ってくれても良《い》いじゃん」

玄関からトーナとセリアルがやってきた。軽口を叩《たた》いたトーナは、いつもの女子高生らしいブレザーとスカート姿だが、ダットサイトを取りつけた自動小銃を手に提げて、背中には対戦車ミサイルのジャベリンを背負っている。

「可能性の考えられる利益の最大化こそが我々の求めるものだ。情に流されて判断を誤るようなことはない」

これ見よがしの臨戦態勢には触れず、クロアは澄まし顔で言った。

「ということは、あたし達が生きて帰ってくるって信じてくれてるわけだ？　ルンさんも人誑《たら》しだね～」

「ていうか、その装備は何なの？」

「相手はクラウさん達でも手こずるような大物だよ？　こっちもコマンドーのつもりで臨まないと。ちなみにこのジャベリン、魔力に反応する改造版だからね。どんな魔族もこれでイチコロだよ！」

一体いくら使われたんだろう。そんな不安を、ルンは咳払《せきばら》いで誤魔化した。

「それで、オルガンティノさんは何て？」

「二つ返事で引き受けてくれたよ！『昨日の借りを返せる』って、おじいちゃんがやる気満々で！」

親指を立てて得意満面のトーナに、同行したセリアルが契約書を差し出して続く。

「他にも一六人の方と契約できました。二等団員の方が一〇人で、残りが三等団員です。報酬は一律、一〇〇万バルクです」

「ありがとう。後はそいつらが、約束すっぽかして逃げたり、空き巣みたいな真似《まね》をしないことを祈るだけだね」

「トーナさんが『地の果てまで追いかけて殺す』と脅していたので、多分その心配はないと思います」

苦笑しながらの報告に、ルンも同じように笑って、契約書を受け取る。

西の街が盗賊に荒らされて、置いていった財産が奪われては、住人達が当初の約束を忘れて文句を言ってくるかもしれない。今後西の街に保険を売り込むなら、彼らの好感度を稼いでおくことも重要だ。

そんな企《たくら》みから考案したのが、無人となった西の街の警備だ。人員はオルガンティノ一家を筆頭とする自衛団《じえいだん》の腕利《うでき》きどもで、報酬は一〇〇万バルク。期限は明日の朝までで、それまでにルン達が戻らなければ、その後はクロアの護衛として彼についていくように伝えてある。鼻持ちならない西の街の連中の資産をここまでして守ってやる義理などないが、これで連中の信用を買えるのであれば安いものだ。

「それと、治療保険の報酬前払いの件なんですけど……」

セリアルが何やら心配そうに切り出した。

「本当にあんなに払って良かったんですか？　みんなびっくりして最初受け取ってくれませんでしたけど……」

治療保険の加入者全員に、最大一〇回分の治療を提供するため、セリアルと一緒に手伝ってくれていたアルバイトの子達にその分を前払いしておく。そんなトーナの提案に二つ返事で快諾したのはルンだったが、セリアルの物言いが気になった。

「トーナちゃん、いくら払ったの？」

「一〇万ドルポンとくれたぜ」

「ベネットの真似《まね》しなくて良いから。え、まさか一〇〇〇万あげたの⁉」

「だからそう言ってるじゃん」

不満顔のトーナを前に、血の気が引いていく。

「払い過ぎだよ！　治療保険入ってる人の分だけ払うんだよ！」

「だってルンさん、一〇〇〇万くらいって言ってたじゃん」

「多くても一〇〇〇万って意味であって、そのまま払ってなんて言ってないよ！」

死亡保険と一緒に治療保険に加入した人もいれば、そうでない人もいる。その精査は必要だが、トーナは数学が得意だから、とりあえず顧客名簿を持たせて送り出したのだが、彼女の大雑把な性格が勘定から抜けてしまっていた。

「え、ていうか金残ってるの……？」

治療保険の報酬に自衛団《じえいだん》への報酬と、この辺りは自腹で何とかなりそうな金額だったからクロアとの取引には勘案していないが、これだけの大盤振る舞いに加えて魔改造ジャベリンまで買っているとなると、さすがに赤字の心配が出てくる。

「明日からりゅーのすけとりゅーこに魚獲《と》りを練習させよう！」

満面の笑みで開き直るトーナの言葉で、全てを察した。

「ま、まぁ、メリディエスの魔族を倒せば報酬もありますし、私も頑張りますから！」

セリアルがそう言って励ますと、

「え、セリアルは留守番じゃない？」

「え⁉」

思わず声を上げたセリアル。トーナと一緒にルンの方を向いて、答えを求めてくる。

「俺もセリアルちゃんには残ってもらうつもりだったよ。さすがに相手がヤバそうだし」

この辺りの魔族を相手にするのとは勝手が違う。クラウ達でも歯が立たないような相手だ。万一のことを考えれば、セリアルを危険に晒《さら》すわけにはいかない。

魔術学院の学友達と一緒に残ってもらい、最悪の場合は一緒に逃げてもらうつもりでいたが、それをセリアルは承知しなかった。

「私も行きますよ！　ハンナさんから教えてもらった防御魔法もそれなりに使えますし……そ

れに、ルンさんが怪我《けが》するかもしれませんし！」

頬を染めながら食い下がるセリアル。ここまで強く迫られると、断るのも悪い気がしてくる。

「確かにルンさん、危なっかしいもんね～」

茶化すように言いつつ、トーナはセリアルの側についた。

「連れて行ってやりなさい。マナリアも回復魔法は使えるが、その娘ほどの腕ではないだろう。専門的な知識を持った者がいるのとそうでないのとでは、話も変わってくる」

セリアルの決然とした表情に、トーナとクロアからのお墨つき。拒む理由はもうなかった。

「無理はしないようにね。危なくなったら、逃げるんだよ」

「大丈夫ですっ！」

力強いセリアルの言葉に頷《うなず》いて、

「じゃあトーナちゃん、クロアさんに巾着を」

「はいは～い」

促されたトーナが、スカートポケットから巾着を取り出して、クロアに差し出す。貴族達から集めた金と、これまで集めてきた契約書は、全てこのチートアイテムの中に収納されている。武器じゃないからか、ルンが手を入れても爆発四散することはなかったのだから、クロアでも使えるはずだ。

「ネコババしちゃダメだよ？」

「ネコババ？　どういう意味だね？」

「あー、気にしないでください。前の世界で物を預ける時の挨拶みたいなものですから」

失礼な真意をトーナが喋《しゃべ》ってしまう前に、適当な言葉ではぐらかすと、

「じゃあ、行こうか」

自宅を出て、玄関の前で待機させていた馬車に向かう。馬車を引くのはりゅーのすけとりゅーこだ。

「ルンさん！」

馬車に乗り込もうとしたルンは、呼び止められて、向かってくる女性の方へ向き直る。クラウの夫人のクレアだ。左手で息子のクルスの手を引き、ルンのもとまで歩いてくると、挨拶もなしにひっ迫した形相で問い詰めた。

「どこ行くの？」

「ちょっと魔族の討伐に。明日の朝には戻りますから」

「メリディエスに行くつもりだよね？　行っちゃダメだよ」

夫人は首を振って、ルンを引き止める。

「事務所で将軍に、討伐に行くよう言われてたんでしょ？　受付の子から聞いたよ」

「受付嬢さん、口が軽いなぁ」

トーナが困ったように苦笑して見せる。和ませるつもりの軽口だが、夫人はなおも態度を変

えず、

「あの人だって帰ってきてないんだよ。ルンさんやトーナちゃんが行ってどうにかなる問題じゃない。お願いだから危ないことしないで」

夫人にとって、クラウはそれだけ大きな存在なのだろう。いや、この街の人々にとって、クラウと彼のパーティは、一番に頼れる存在だ。

「私達のことは心配しないで。もう覚悟はできてる。自衛団《じえいだん》の家族っていうのは、いつだってその覚悟はしてるものだから。だから、気にしなくて良《い》いんだよ」

「俺達はクラウが死んだなんて思ってませんよ」

諭す夫人に、ルンは笑みを返す。

「あいつは死なないって言って、保険の加入渋ってましたから。安否確認のついでに加勢に行くだけです。華はあいつに持たせてやりますよ」

「何を馬鹿なこと言ってるの！　もう良《い》いんだよ。今はそれより、逃げることを考えて。お金ならいらないから」

「それはできませんよ」

ルンは決然と言った。

「俺達はあいつに生命保険を売ったんです。もしあいつに何かあったら、約束した金を払う。それがクラウとの約束です。それで奥さんとクルスくんを、あいつの代わりに守る。保険はそういう商品です」

「あたし達のモットーは、『悲しさも貧しさもぶっ飛ばす！』だからね。だから安心して待っててよ。あたし達でみんなを守るし、クラウさん達も連れて帰るからさ」

二人の言葉に、堪えていたものが溢《あふ》れ出《だ》し、夫人は顔を覆う。トーナは肩を震わせる夫人から、息子のクルスの方を向いて屈《かが》むと、得意げな笑みを見せた。

「帰ったら、勇者の物語の特別編を聞かせてあげるよ。楽しみに待っててね」

第五章　死は全てに打ち勝つ

1

クロアを断崖の邸宅まで送った後、ルン達は出発した。

ヴィンジアから平原を南に進んで、到着したのは月が昇りきった頃。薄暗い夜の平野に姿を現した城壁は、抉《えぐ》られたかのように崩れ落ち、そこから様子を覗《のぞ》かせる街並みも、家々が崩れて廃墟《はいきょ》となっていた。

この地方ではヴィンジアに次ぐ地方都市・メリディエス。二〇万の人口を抱える城塞都市は、死んだかのように静まり返っていた。

「よし、行こう」

りゅーのすけとりゅーこが崩れた正門の前で足を止めると、ルンはその静けさを前に深呼吸をして言った。

一行は馬車から降りて、崩れた門を潜った。りゅーのすけとりゅーこも、後ろをついて歩いてくる。

平屋の家屋が並ぶ通りを進んでいきながら、ルンは違和感を覚える。人の気配のないゴーストタウン。だがそれ以上に気になるのは、虫の鳴き声も、犬や猫、それどころかネズミのような小動物の気配もない。

「ここってほんとに人住んでたの……？」

周囲を警戒しながら、トーナが訝《いぶか》しげに呟《つぶや》く。

生者の気配のないこの街には、それどころか死者の痕跡すら存在しない。死体は一つも転がっていないし、その断片や血痕も残されていない。ただ崩れた家屋の破片が通りに散らばっているばかりだ。

まるで何十年も前に打ち捨てられた廃墟《はいきよ》のような静けさ。昨日までこの街には、二〇万の市民が住んでいたはずなのに、その気配はどこにもない。

「一人、いらっしゃいましたよ」

マナリアが足を止めて、見上げる。

ルン達もその視線の先に目を向けた。街の中央に立つ、頭一つ背の高い教会の屋根。そこに立つ人影は、月を背に揺らめき、ルン達を見下ろしていた。

「あいつか」

「だろうね」

月明かりを背にする人影の輪郭が、少しずつ明らかになってくる。死人のように白い肌に、青一色の双眸《そうぼう》。逆三角形の細い顔に尖《とが》った耳、そして生糸のような白くまっすぐな髪。纏《まと》うローブは真っ白で、その風体はさながら仙人といったところか。

「白のエルフですか。厄介な手合いです」

マナリアが淡々とした口調で告げて、背中の矢筒から矢を抜く。

「──また、人間か」

見下ろす白いエルフが、言葉を紡《つむ》いだ。高慢さが滲《にじ》む物言いは、男性的な声色で紡《つむ》がれる。

「どこから来たのかは知らぬが、私は争いを好まぬ。立ち去るなら、見逃してやらなくもない」

「戯言《たわごと》です。耳を貸す必要ありません」

マナリアの忠告に首肯する。青い瞳に宿している冷徹な殺意を、その場にいる誰もが感じ取っていた。

「街の人達は？」

「そんなことを訊《き》いてどうする？」

「回答次第で見逃してやらなくもないぞ。お前だって命は惜しいだろ」

挑発めいたルンの物言いに、そこでエルフはようやく表情を変えた。微笑だ。

「私に勝てると思っているのか？　愚かな人間の身でありながら、無限の時を生きるこの私に？　あまりに身の程を弁《わきま》えていない。哀れだ。実に。私はこの世で最も深く魔法を探求した一族の血を引く選ばれし存在――」

高慢な微笑で紡《つむ》がれる尊大な演説は、銃声によって遮られ、次の瞬間、左肩を貫かれたエルフは、その悠然とした笑みを苦悶《くもん》に歪《ゆが》め、そして悲鳴を上げた。

「ぬあああああああああああああああああ！　な、何だ、何の真似《まね》だ、これはああああああああああああああ⁉」

血を流す肩の貫通銃創を押さえ、上体を揺らして叫ぶ。まるで獣のようなその姿を、自動小銃で撃ち抜いたトーナは鼻で笑い、そして苛立《いらだ》ちを込めて吐き捨てる。

「さっさと答えなよ、のろま。街の人はどうしたんだっての」

屋根から転げ落ちかけたエルフは、トーナの威圧的な声で我に返ると、間一髪のところで踏みとどまり、そして息も絶え絶えに一行を睨《にら》む。

「この私にこのような狼藉《ろうぜき》を……貴様ら、生きては帰さぬぞ！」

「生きて帰さないのはこっちのセリフだっての！」

吼《ほ》えるエルフに、トーナが銃口を向ける。今度は胴体に照準を合わせて、引き金を三度続けて引く。

拳銃とは似つかない重たい銃声が三つ。まっすぐにエルフの胸へ向かっていくライフル弾は、しかしエルフの紡《つむ》いだ呪詛《じゅそ》によって霧散し、その役目を果たすことなく塵芥《じんかい》と化した。

「うへ～、チートじゃん。あんなのズルいよ！」

相手からしてみれば銃の方がよっぽどチートだろうに、と思ったが、口には出さなかった。

「大陸の外から持ち込んだ武器か知らぬが、二度も同じ手は食わぬ！」

脂汗を拭ったエルフは、続けざまに呪詛《じゅそ》を紡《つむ》ぐ。人間の言葉であるラテン語とは明らかに毛色の異なるそれは、エルフ独自の言語だろう。

「余計なことすんな、こんにゃろー！」

妨害のためにトーナが自動小銃を乱射する。マナリアも矢を射るが、やはりエルフを捉える寸前に霧散し、消えてしまう。

「チート対決なら負けないもんね！」

痺《しび》れを切らしたトーナがそう言って、背負っていたジャベリンに持ち替えたその時だった。

エルフが右手をかざし、呪詛《じゅそ》を紡《つむ》ぐ。虚空《こくう》に剣が姿を現し、その柄《つか》を摑み、力強く一振りする。

——周囲を包んでいた静寂が、突如として破られた。

囲むように現れた気配に、ルンは辺りを見渡す。人だ。下を向き、呆然《ぼうぜん》と立ち尽くす、無数の人。着ている服は血に汚れ、無数の嚙《か》み傷を痛々しく刻み、手足のどれかを欠損した、青白い肌の人。その中に見覚えのある背格好を認め、息を吞んだ。

「クラウ……」

長い青髪をばらつかせる、鎖帷子《くさりかたびら》を纏《まと》った頑健な体格の男。心臓の辺りには深々と刺し傷を作り、そこから流れ出た血が全身を赤黒く染めている。右手には年季の入ったロングソードを持ち、ルンの呼びかけに反応したかのように頭を上げると、白く濁った双眸《そうぼう》で睨《にら》み返し、そして大きく口を開けた。

「グオオオオオオオオアアアアアアアアアアアア！」

「っ⁉」

歯を剥《む》き、剣を振り上げ、迫る。咄嗟《とっさ》にロングソードを抜いたルンは、向こう見ずな大振りの一撃を受け止め、その軽さと至近距離で漂ってきた死臭に、奥歯を噛《か》みしめた。

「何やってんだよ！」

怒号のような叫びとともに、動く死体となり果てたクラウを弾き、血まみれの腹を蹴り飛ばす。

「嘘《うそ》でしょ、もう！」

死ぬことはないと豪語していた友の変わり果てた姿に動揺する間もなく、トーナの悲鳴のような声が関心を奪う。白眼を剥《む》いたラズボアの戦鎚《せんつい》を、トーナがジャベリンで受け止めている。

「止めてくださいハンナさん！　正気に戻って！」

咄嗟《とっさ》に張った防御壁に突っ込んでくるハンナに、セリアルが涙声で叫ぶ。理性を失った獣のような有様《ありさま》のハンナは、やはり歯を剥《む》いて、セリアルに吼《ほ》える。

「貴様らはもう逃がさぬ。ここでこやつらと同じく、私の僕にしてくれよう」

教会の屋根から、愉悦の笑みを湛《たた》えて見下ろすエルフ。ルンはその正体にようやく合点《がてん》がいった。

死体を操る魔法の使い手・糸引く者《トラホトール》。東から流れてきたとクラウが言っていた、あのエルフだ。

「野郎ぶっ殺してやる！」

ラズボアの腹に蹴りを入れて退けると、トーナは怒号とともに自動小銃をエルフに向ける。

「え……」

そして次に視界の隅に現れた人影を見咎《みとが》めて、固まった。

「お、お父さん……？」

ポロシャツにジーンズを履いた、痩せ身の中年。隣に立つのは、チノパンとパーカー姿の女性。どちらもこの世界の人間とは明らかに異なる服装で、そして黄土色の顔を上げると、次の瞬間両手を伸ばしてトーナに迫った。

「トーナちゃん！」

歯を剝《む》いて摑《つか》みかかる両親。立ち尽くすトーナに代わって、スカートポケットから飛び出したカイリが防御魔法を展開する。

透明の防御壁に弾《はじ》かれた父親に、ルンが迫る。無防備な腹めがけて剣を薙《な》ぎ、深々と切りつける。

「お父さん！」

「こいつはお父さんじゃない！」

悲痛な叫びを上げたトーナに、ルンは怒鳴るように返し、そして迫ってきた母親の首を刎《は》ねる。

「こいつらは偽物《にせもの》だ。騙《だま》されるな！」

両親の姿を模した操り人形は、断末魔の叫びも上げることなく土塊に戻り、それを見たトーナは呆然《ぼうぜん》とする。

「小娘、貴様の親を生き返らせてやるぞ」

そんなトーナに、教会からエルフが悪辣な甘言を紡《つむ》ぐ。

「てめぇ！」

「貴様らも私の僕となるが良《い》い。二度と会えぬ者との再会を果たさせてやろう」

心底から愉快そうに笑うエルフに、ルンが吼《ほ》える。トーナの心を読んで、死んだ彼女の両親の姿を模した刺客を寄越した。それが如何《いか》に残忍なことか、あのエルフは理解してやっているのだ。

「フィアト・ルクス！」

ラテン語の呪詛《じゅそ》を紡《つむ》ぎ、マナリアが矢を放つ。藍色の夜空に放たれたそれは、次の瞬間強烈な閃光《せんこう》を放ち、月明かりに照らされた廃墟《はいきょ》の街を真っ白に覆い尽くした。

「一度退きましょう。このままでは埒《らち》が明きません」

沈着な一言が耳に届くと、白く塗りつぶされた視界が溶けていくのに合わせて、血が昇った頭がスッと冷めていく。

魔法による閃光《せんこう》。その影響を最も受けたのは、終始目を見開いているクラウ達だ。視覚を潰されて呻《うめ》きながら悶《もだ》える傍《そば》で、ルンはマナリアの提案に乗った。

「トーナちゃん！」

閃光《せんこう》の目潰しで動揺を塗り替えられたトーナが、一瞬遅れてルンの声に応じる。

「りゅーのすけ、りゅーこ！」

指笛を鳴らして、二匹の竜を呼ぶ。駆け寄ってきたりゅーのすけとりゅーこに、トーナ達はまっすぐに走っていく。

「ルンさん、早く！」

りゅーこの背中に乗ったセリアルが、駆け寄ってくるルンを急《せ》かす。

——風を切る音を、ルンは聞き取った。そして振り返った次の瞬間、喉を衝撃が貫いた。

「ルンさん！」

りゅーこからセリアルが飛び降りて、駆け寄ってくる。その姿を視界に捉えたまま、ルンは崩れ落ちる。

「クロードさんだ！　ルンさんがやられた！　セリアル、隠れて！」

「は、はい！」

倒れたルンを、セリアルとりゅーこが引きずっていく。喉を走る鋭い痛みと押しつぶされるような息苦しさの中で、ルンは必死に状況を飲み込もうとするが、酸欠の頭がそれを拒むように、ゆっくりと意識を溶かしていった。

2

「――よぉ。久しぶり、ルンさん」

目を開けると、目の前に神が座っていた。黒いジャージに無個性な顔、短く整えた黒い髪。初めて会った時と何も変わらないモブキャラは、あの時と同じように無数に線を書き込んだ紙を見下ろしている。

「何であんたが……」

「先輩からのありがたいアドバイスで、お前らが死にかけた時は拾い上げてやれって言われてな」

神はつまらなそうに肩をすくめた。

「お前ら大抵、つまらないことであっさり死ぬから、長生きさせたきゃ最初は面倒見てやれ、だってさ。ほんとめんどくさいよな、お前ら」

愚痴をこぼされつつ、状況は分かった。つまるところ、自分は生死の境にいるのだ。

「俺は死ぬのか？」

「まだだ。今はまぁ、死にかけ、ってとこだな」

顔を上げた神は、初めて対面した時と違って、随分と好意的な笑みを向けてきた。まるで健闘を讃《たた》えるかのようなその表情を、ルンが訝《いぶか》っていると、これ見よがしに指を打ち鳴らして、白いテーブルに映像を映し出す。

『マナリアさんはセリアルちゃんを守ってあげて！　こいつらはあたしが引きつける！』

『トーナさん、危ないです！　戻ってきて！』

夜空を見上げる位置から動かない映像が、セリアルのひっ迫した声を届ける。銃声、炸裂《さくれつ》音、咆哮《ほうこう》。物々しい雑音の中で、涙目のセリアルが顔を覗《のぞ》かせ、続いてマナリアの顔が飛び込んでくる。

『矢を抜き次第詠唱を。かなりの出血が予想されますので、急いで』

冷静に告げるマナリアが矢を引き抜き、血が噴き出す。それに怯《ひる》んだセリアルに、マナリアが『早く！』と叱咤《しった》すると、セリアルは涙を拭い、そして震える声で詠唱を始める。

クロードの矢に喉を射貫《いぬ》かれ、死にかけている自分の視界。そこで繰り広げられる凄惨な戦いの現場の只中《ただなか》にあって、何の痛みも感じないルンは、焦慮を抱いて立ち上がる。

「死にかけなら、生き返れるんだよな？」

「あぁ。この女の子の魔法のおかげでな」

「なら早く戻してくれ。あのエルフを倒さないと」

こうしている間にもトーナとマナリアが戦い、セリアルは回復のために消耗している。自分のせいでこれ以上事態を悪化させたくない。

「もう良《い》いんじゃないの？」

神は諭すように問いかけた。

「異世界に来て、自分の知識を頼りに会社を作って、そして客のために戦って死ぬ。かっこいいじゃん、ルンさん。俺は十分頑張ったと思うよ」

「何言ってんだよ、あんた」

「俺は自殺さえしなきゃ何でも良《い》いんだよ。自殺起因の損失が監査の指摘事項なんだから。それさえ回避できれば文句なし。てことで、転生させてやるよ」

労《ねぎら》うような物言いとともに、神は関心を手元のノートパソコンのような端末に向ける。

「つき合ってくれたお礼に、次の転生先を選ばせてやるよ。せっかくだから、欲しがってた特典もつけてやる。次の世界では、お前は貴族か金持ちの息子で、勉強もできて、女にもモテモテな完璧超人だ。前と同じ世界が良《い》いか？　それともちょっと冒険してみる？　魔法が発達してる世界とか、機械と人間が戦争してる世界とか。どこに行きたい？」

「どこにも行かない」

努めて明るく問いかける神に、ルンは首を振って静かに告げた。

「戻してくれ。あいつを倒して、クラウ達を連れ戻す」

「戻ったとして、あれどうやって倒すの？　どのみち死にそうだけど」

「エルフとの戦い方なら教わってる。あんたがトーナちゃんにあげた武器もあるんだ、次は上《う》手《ま》くやるさ」

勝算を抱くルンは、「それに」と続ける。

「クラウ達と契約したんだ。俺はあいつらの家族を守る。ここで死んで、その約束を破るわけにはいかない」

「ほっほー……」

決然と告げたルンを前に、神は感心したかのように唸《うな》り、腕を組んで笑みをこぼす。

「変わったなぁ、お前。死ぬ前と大違いだ」

「え？」

「思い描いた理想との違いに失望して、自分で死ぬことを選んだ奴《やつ》が、二ヶ月かそこら異世界で同じことをしたと思ったら、今度は他人のために生きたいと。ほんと人間ってのは理不尽で面白いよなぁ。だからお前ら好きなんだわ」

「あんた、知ってたのか？」

勢いだけだと言い張ったあの時の答え。看破したかのような態度だったが、神はそれには答えなかった。

「お前はもう心配いらないな。じゃ、精々頑張って生き抜いてこい、ルンさん」

雑じり気なしの激励とともに、神は指を鳴らした。

3

瞬《まばた》きした次の瞬間、ルンの視界には涙を流すセリアルの顔が飛び込んだ。

「ルンさん！ 良かった！ 良かったぁ！」

感激に声を上げるセリアル。ルンは喉元を触れて、傷が塞がっているのを認めると、

「ありがとう、セリアルちゃん。命拾いしたよ」

セリアルが嬉《うれ》しそうに何度も頷《うなず》くと、そこへトーナとマナリアが割り込む。

「生き返ってくれたところ悪いんだけど、状況は最悪だよ」

「完全に囲まれました。逃げ場はありません」

そう言われて、ルンは辺りを見渡す。正方形に張られた防御壁を無数の死人が囲んで、一心不乱に拳で殴りつけている。

殺気立って歯を剥《む》く集団の中には、鎖帷子《くさりかたびら》を着込んだ者や、甲冑《かっちゅう》を着た者もいる。クラウ達と同じく、会合でこの街に集まっていた一等団員や、この街の自衛団《じえいだん》員達だ。ルンの目の前

では、ハンナとラズボアが蒼白《そうはく》の肌に血管を浮き上がらせて、必死の形相で結界を叩《たた》き割《わ》ろうとしていた。

「逃げることないよ」

ルンは起き上がって、顔を上げる。街の中心に立つ教会の屋根。そこであのエルフは変わらず、愉悦の笑みで見下ろしている。

「あいつを倒せば片づくんだから」

「自信ありげだけど、気絶してる間に何か思いついたの？」

「すごくかっこいい方法を思いついたよ」

ルンはそう言って、ロングソードを拾い上げる。

「俺があいつに突っ込んで隙を作る。で、トーナちゃんがジャベリンであいつを吹っ飛ばす。かっこいいでしょ？」

「シンプル過ぎでしょ。どうやるの？」

「りゅーのすけ！」

問いに答える代わりに、りゅーのすけを呼ぶ。壁を殴る死体の群れに唸《うな》っていた子竜は、双子のりゅーこと一緒にルンの方へ駆け寄ってきた。

「マナリアさんの光る弓でこいつらを怯《ひる》ませて、その隙にりゅーのすけに乗って突撃する。屋根伝いに行けば邪魔もされない」

「なるほどね。マナリアさん、できる？」

「お任せください」

マナリアは矢筒から一本、矢を抜く。

「セリアルちゃんは壁を張ったままで。すぐにケリをつけるから」

「わ、分かりました」

セリアルが力強く頷《うなず》く。

「じゃあ陽動はあたしも手伝うよ。ね、りゅーこ、カイリ！」

りゅーこが力強く鳴いて、肩の上のカイリも小さく頷《うなず》く。

「ルンさんと反対側からりゅーこに乗って出て、ついでにルンさんの援護もする。これで完璧でしょ？」

無茶なことを考えるものだ。トーナなら難なくこなすことだろうが、さっきのこともあるだけに心配だ。

「もう大丈夫？」

「何が？」

「あいつ、きっとまたご両親を利用するよ。今度は別行動だから、助けてあげられない。無理しない方が良《い》いよ」

「もしそんなことされたら、その時はりゅーことカイリに何とかしてもらうよ」

そう言ってトーナは教会の屋根から見下ろすエルフを睨《にら》んだ。

「それに、あんなふざけた真似《まね》する卑怯者《ひきょうもの》、あたしの手でぶっ飛ばしてやらないと気が済まないからね。ルンさんだけ美味《おい》しいとこ持っていこうったって、そうは問屋が卸さないよ」

「そっか」

この強い少女には、杞憂《きゆう》だったらしい。ルンは苦笑とともに自分の見立てを反省し、りゅーのすけの背中に乗る。

「決めゼリフはもう考えてるの？」

りゅーこに乗って背を向けたトーナが、問いに答える。

「貴様の続編はなしだ！　かな。元ネタ分かる？」

「シュワちゃん主演のやつでしょ。知ってるよ」

「分かってるね～、ルンさん」

「楽しみにしてる。よし、作戦開始！」

ルンが告げると、マナリアが空に向かって矢を放つ。

「フィアト・ルクス！」

ラテン語の呪詛《じゅそ》を叫ぶと同時に、閃光《せんこう》。死体達が呻《うめ》き、動きを止めると、りゅーのすけに乗ったルンが身体《からだ》を叩《たた》く。

「跳べ、りゅーのすけ！」

「行くよ、りゅーこ！」

命令にりゅーのすけとりゅーこが同時に吼《ほ》えて、力強く地面を蹴る。二メートルほどの跳躍で防御壁を飛び越え、死体の群れの頭上を舞う。

「よし、行け！」

瓦礫《がれき》の散らばる地面に着地し、手近な家屋の屋根に飛び乗り、瓦の上を走り抜ける。

向かう先は教会。無人の屋根を飛び移り、まっすぐに向かっていく。一〇メートルも離れた向こうでは、トーナを乗せたりゅーこが並走しているのが視界に入る。

「っ」

前方に人影が現れる。鎖帷子《くさりかたびら》を着た男。クラウだ。心臓に刺し傷を穿《うが》った血まみれの格好で、白い瞳がルンをまっすぐに睨《にら》む。

「邪魔すんなよおい……！」

りゅーのすけはクラウに構わず、間合いを詰めていく。やがて目の前に迫ると、クラウは右手のロングソードを横に薙《な》いだ。

「跳べ！」

命令よりも僅かに早く、りゅーのすけが反応する。単調な横薙《な》ぎの斬撃を跳躍で躱《かわ》し、クラウを飛び越え、着地する。

道を飛び越え、向かいの建物に飛び移る。そして教会の前まで辿《たど》り着《つ》くと、そこでりゅーのすけは力強く屋根を蹴り、跳躍した。

三階建ての教会の屋根の高さまで跳んだりゅーのすけ。その背中に乗るルンは、教会の中庭から弓を構える人影を認めた。

「クロード……！」

白目を剝《む》いたその男は、クロードだ。ルンの喉を貫いた弓の名手。りゅーのすけの跳躍が限界に至るのを見計らったかのように、弓を射る。

ルンを捉えて迫る矢。矢じりが月明かりに輝いたその刹那、りゅーのすけが前脚を薙《な》いで、矢を弾《はじ》き飛《と》ばした。

「やるなぁりゅーのすけ！」

親譲りの器用な迎撃。ルンの賛辞に、りゅーのすけは得意げに吼《ほ》える。

クロードはすかさずもう一本、矢を射る。放たれるのと同時に、けたたましい銃声が二つ響いて、ルンに迫る矢を弾いた。

通りを隔てた屋根の上。足を止めたりゅーこの背の上で、トーナが得意顔で自動小銃を構えていた。矢を弾き、クロードの弓を真っ二つにへし折った自動小銃の銃口は、硝煙を燻《くゆ》らせていた。

「後は任せた、ルンさん！」

自動小銃からジャベリンに持ち替えて、トーナが叫んだ。

「ちょっと行ってくるぜ！」

りゅーのすけの背を踏み台にして、ルンは空中で跳躍し、屋根に飛びつく。生前だったらやろうとも思わない芸当。しかしルンはそれをやってのけ、教会の屋根に登り詰めた。

「しぶといな、人間」

屋根から一部始終を見下ろしていたエルフは、対峙《たいじ》したルンの方を向いて、嘲るようにそう言った。

「矢を射られて死んだものと思ったが、まぁ良《い》い。貴様も私のものとなれ」

「ゾンビになれってか？」

「貴様らの言葉ではそのように言うのか？ まぁ、この街の者達と同じようになるということだ」

ルンは眼下の光景に目をやる。結界に群がる無数の死人。それらが吐き出す幾重の呻《うめ》き。廃墟《はいきょ》となり果てたこの街に広がるその光景は、地獄そのものだ。

「私の僕となれば、永遠の時を生きられる。貴様ら下等な人間には、これ以上ない名誉であろう？」

高慢さを隠そうともしない、どこまでも誇らしげで得意気な笑みのエルフに、ルンはため息交じりに首を振る。

「エルフって馬鹿なんだな。ちょっと幻滅したわ」

侮《あなど》りのこもったルンの言葉に、エルフの笑みが薄れる。

「あいつらはもう死んでて、お前が死体を動かしてるだけだろ？　操り人形みたいに。そんなの生きてるとは言わないんだよ」

「貴様らのような下等種族など、既に生きているとは言わぬ」

「そんな揚げ足取りみたいなことしか言えないのか？　ほんと馬鹿なんだな」

「黙れ！　貴様のような人間風情《ふぜい》が、私を侮辱することは断じて許さぬ！」

不快感を露《あらわ》にして、エルフは叫ぶ。人間は下等種族で、エルフは上位種。そんな思想が心根にしっかりと根づいているらしい。

「貴様にも死別した者と会わせてやろう。あの不届き者どもと同じようにな！」

ルンに右手を伸ばして、叫ぶエルフ。しかし何も起こらず、それを見咎《みとが》めてルンはその手の内を看破した。

「身内の泥人形でも作ろうとしたのか？」

トーナにやったのと同じように、死んだ肉親を模した泥人形で翻弄しようとでも企《たくら》んだのだろう。だがそれは、ルン相手では意味がない。

「俺の身内、誰も死んでないからな。残念だったな」

「おのれ、悪運の強い奴《やつ》め……」

「でもおかしいな。同期や幼馴染《おさななじ》みなら何人か死んでるのに、そいつらは出さないのか？

あ、ひょっとして出せないとか？」

思い通りにいかないと、すぐに顔に出るエルフ。その分かりやすさに、思わず失笑してしまう。

「あんなイキってたのに、お前その程度のこともできないんだな。中途半端《ちゅうとはんぱ》だなぁ、このクソザコエルフ」

「な、何だと貴様……！」

「どうせお前、あれだろ？　故郷で落ちこぼれて、それで知り合いのいないこんなところまでわざわざ流れてきたんだろ？　いるよなぁ、そういうの。自分が凡人だって認めたくないんだ？　それで環境が悪いとか周りが悪いとか言って、ここまで逃げてきたんだろ？　そんな奴《やつ》腐るほど見てきたから分かるよ。安心しろよ、お前は凡人じゃないから。凡人未満の能なしクソザコカスエルフだから。俺が保証してやるよ」

歯を剝《む》いて、白い肌に青筋を浮かべるエルフ。最早《もはや》沸点を振り切って声も出ないといった有り様だ。

「今からお前のその腑《ふ》抜《ぬ》けた心臓、俺の剣で串刺しにしてやるから。覚悟しろよ、ザコエルフ」

「笑わせるなッ！」

怒りに任せて、エルフが叫ぶ。

「貴様ごときがこの私に勝てる道理などない。我々こそが至高の存在、万物の頂点に立つ存在なのだ！」

「主語がでかいんだよ、お前ほんと馬鹿なんだな。エルフの価値観にとやかく言うつもりはないけど、神様は俺ら人間推しだ。残念だったな」

「神だと？」

静かに剣を構えたルンの言葉に、エルフは嘲笑を浮かべた。

「この状況を前に神などという幻想に縋《すが》る。それこそが貴様ら人間の愚かしさだ」

「その愚かな人間に今から心臓串刺しにされて惨《みじ》めに殺されるわけだけど、何か言い遺《のこ》しておきたいことはあるか？　田舎のパパとママに伝えといてやるよ」

挑発的に問いかけたルンに、エルフの顔からぎこちない笑みが完全に消え、白い美貌が歪《ゆが》んでいく。分かりやすい表情の変遷にルンは笑って、

「ないんだな？　じゃあ死んでこいやこのクソエルフううう！」

ロングソードを振り上げて、斬りかかる。

「ふざけたことを抜かすな、人間風情《ふぜい》が！」

エルフも剣を振るい、身構える。

間合いを詰めたルンが、ロングソードを横に薙《な》ぐ。腰の入った一太刀を刃で受け止めたエルフは、会心の一撃に圧《お》されてよろめく。

「何だよお前、やっぱり素人《しろうと》か！」

挑発的な言葉とともに剣を振り抜く。間一髪でエルフが刃で受け止めると、それを見計らって足を掛ける。

「ぬおっ！」

よろめいて、膝をつくエルフ。ルンはそこへ切っ先を振り下ろす。

「ぬああああああああっ！　わ、私の手がああああああああ！」

屋根についた手のひらに、切っ先が突き刺さる。肩を銃弾で貫かれた時と同じように、慣れない痛みに悲鳴を上げるエルフに、

「うるせぇ！」

「ぶっ！」

ルンは鼻っ柱に膝蹴りを叩《たた》き込んだ。

「どうしたよ、クソザコエルフ！　一人前なのは口だけだな！」

鼻血を噴き出したエルフが、怒りに目を充血させながら吼《ほ》える。

「貴様ぁ、調子に乗るな！」

「だったらさっさと反撃してみろよ、この三流クソエルフ！」

刃を振り上げ、屋根を蹴るルン。エルフは白い衣で鼻血を拭い、そして呪詛《じゅそ》を紡《つむ》いだ。

「っ！」

振り抜いた刃が虚空《こくう》で弾《はじ》き返《かえ》されて、姿勢が崩れる。がら空きの胴体。そこへエルフが切っ先を向け、勝ち誇った笑みとともに刺突を繰り出す。

「ぐっ！」

心臓目掛け伸びた刃。待ち望んだ一太刀。クラウに止めを刺した時と同じであろう手口。ルンは左手の手刀でそれを叩《たた》き、軌道を下方に逸《そ》らす。切っ先が捉えたのは心臓から数センチ下。肋骨《ろっこつ》を砕き、肺と心臓の間を貫いた。

「ハハハ！　これで貴様も私の僕だ！」

串刺しになって、項垂《うなだ》れるルン。右手からロングソードが滑り落ちて、屋根を滑っていくと、エルフは高らかに笑った。

「……ありがとよ、クソエルフ」

「え？」

勝ち誇っていたエルフの耳に、擦れた声が響く。瞬間、剣を握る右の肘をルンが掴《つか》み、顔を上げて笑みを見せる。

「突きはやっちゃダメって教わらなかったか、この野郎！」

「ぶっ⁉」

襟を掴《つか》んで引き寄せ、高い鼻っ柱に頭突きを食らわせる。鼻血を噴きながらよろめいたエルフの頬に、続けざまに拳を叩《たた》き込んで、殴り飛ばす。

挑発に弱いのなら、こちらの大口には意趣返しで応じるはず。そんな見立ての通り、エルフは心臓を狙って突きを繰り出してくれた。剣を交えた感触からして、剣技を磨いている様子もない以上、非力なエルフが確実に止めを刺すことができるのは急所を突くより他ない、という目算にも、誤りはなかったらしい。

かくして心臓と肺の隙間を刺し貫いたエルフの剣を、ルンは力任せに引き抜いた。鈍く陰湿な痛みに気絶しそうになりながら、ルンはトーナの方へ向いた。

ジャベリンの砲口は教会を向いている。そしてルンが手を挙げて合図を送ると、

「貴様の続編はなしだ！」

聞こえよがしにトーナが叫ぶと同時に、ミサイルが飛び出す。ゆったりと落下したかと思った次の瞬間ブーストし、夜空に向かって斜め一直線に飛び上がる。

戦車の装甲の脆《もろ》い上部を狙う、トップアタックモードで射出されたミサイルは、まもなくエルフの頭上に降ってくる。

「貴様ぁ、許さぬ……」

起き上がろうとするエルフの顔面を、ルンは思いきり踏みつけた。

「ふぐっ！」

「じゃあな、クソエルフ！」

急降下するミサイルの気配を感じながら、中指を立てて吼《ほ》え、そして飛び降りる。

「待て、この……ぬあああああああああああああああああああああ！」

断末魔の叫びを背に、宙を舞う。炸裂音《さくれつ》と爆風に流されて姿勢が崩れ、芝生の地面に叩《たた》きつけられる。

鈍痛に遠のく意識の中で、視界に映るのは燃え上がる教会と、辺りに群がる死人達。やがて主を失った死人が次々と倒れていき、それらを蹴散らしてりゅーのすけが駆け寄ってくる。

「ルンさん！　ルンさああん！」

鈍っていく聴覚が、トーナの叫び声を捉える。視界に飛び込んできたトーナが手招きをして、セリアルとマナリアが合流する。

「ルンさん、起きて！　死んじゃダメだよ！　起きろー！」

トーナが顔を覗《のぞ》き込んで、思いっきり頬を張ってきた。

「トーナちゃん、痛い……」

「あ、生きてる？　良かった！」

「生きてるけど、これ骨折れてるわ。死ぬほど痛い」

「痛いうちは大丈夫だよ！　ルンさん一回経験してるから分かるでしょ！」

そういえばそうだった。トーナの暴論に笑ったが、肋骨《ろっこつ》に走る激痛に顔を歪《ゆが》めた。

4

牙を剝《む》いていた死者達は、今や一人残らず地面に伏している。それこそが糸引く者《トラホトール》の死を示す何よりの証《あかし》だったが、それを帝都に逃げている連中にも知らせるには、持ち運びできる証拠が必要だった。

「こんなので良《い》いかな？」

というわけで、トーナが馬車に持ってきたのは、あのエルフの頭の一部だった。白い肌は爆風に焼かれてしまって原形を留《とど》めていないが、都合の良《い》いことにエルフ特有の尖《とが》った耳がついている。これならあの将軍も信じざるを得まい。

「他に何か使えそうなのはある？」

荷車の中でセリアルから傷の手当てを受けながら、ルンが訊《き》いてみる。ジャベリンの直撃でこれだけ残っていれば十分だろうが、使えるものは集めておきたい。

「あいつが持ってた剣なら見つけたよ。見た感じエルフの文字みたいなのが彫られてるから、証拠には使えるかも。とりあえず、クラウさん達連れてくるから、後はセリアルに任すね」

トーナはそう言って、回復魔法を使うセリアルに手を振って街へ戻っていった。さすがにメリディエスの住民の遺体を全て回収することはできないが、せめてクラウ達の遺体だけでも持ち帰りたい。そんな思いから、マナリアとトーナで四人の遺体を運んできてもらうことにしたのだが、女性二人に力仕事を任せっきりにするのも気が引ける。

「セリアルちゃん、傷塞いでくれたらそれで良《い》いよ。後は勝手に治ると思うし」

血塗《ちまみ》れのワイシャツ越しに胸の切創を癒《いや》してくれるセリアルにそう言うと、返ってきたのは珍しく怒声だった。

「ルンさん、これ大怪我《けが》なんですよ？　ちゃんと分かってますか⁉　あと少し逸《そ》れてたら、心臓に当たってたんですからね⁉」

火事場の馬鹿力とでもいうべきか、あの時は勝算とエルフへの怒りでアドレナリンが全開だったこともあって無自覚だったが、考えてみれば無茶な戦い方だった。心臓を刺されていればあんな風に戦うことはできなかったろうし、そうなれば勝機も失われていたかもしれない。何より今度こそ確実に死んでいたはずだ。あの神も二度続けて助けてはくれなかったことだろう。

「もっと自分のことを大事にしてください。死んだら私だってどうにもできないんですよ！」

目に涙を溜《た》めるセリアル。そこまで心配をかけてしまったことに、今さらながら罪悪感を覚える。

「あぁ、うん……ごめん。今度から気をつけるから」

「そんなこと言って、また無茶するじゃないですか！　こないだのルプスの時だって危なかったし！」

「いや、でもトーナちゃんに任せてばっかなのも良くないし……」

「トーナさんは怪我《けが》もしないけど、ルンさんはいつも怪我《けが》してるじゃないですか！　もう死にかけのルンさんを看病するの、三回目ですよ⁉」

チートの塊のようなトーナと同じ扱いをされると、分が悪い。とはいえ、魔法どころではなくなって、袖で涙を拭うセリアルを見ると、さすがに胸が痛んだ。

「ごめん、セリアルちゃん」

ルンはばつが悪そうに、ただ謝ることしかできなかった。

「クラウさん達連れてきたよ～。って、セリアルどうしたの？」

間の悪いことに、そこへトーナがマナリアとともに戻ってきた。その辺で拾った板と縄で作ったソリに、布で覆われた遺体を二つずつ乗せて、それをりゅーのすけとりゅーこに一つずつ引かせている。

「ルンさんが悪いんですよ。無茶して心配かけるから……」

目を潤ませ、正座してギュッと拳を握りしめるセリアル。そんな彼女の震える声を聞《き》き咎《とが》めて、トーナが呆《あき》れたような顔をルンに向けた。

「ルンさんさぁ、女の子泣かすとか男としてどうなの？」

「そんな昭和じゃないんだから……」

今はジェンダーフリーの時代なのだから、などと言い逃れようと思ったが、ここは異世界。

そんな先進的な考えがあるわけもない。

「ルンさん、モテなかったでしょ？」

「は⁉　いった……」

思わず声を上げて、塞ぎ切れていない傷が痛む。

「そういう細かいことでグチグチ言い訳並べるような人、モテないと思うよ」

「い、今それ関係ある……？」

「マナリアさんはどう思う？　女の子に心配かけて泣かせる男って」

隣のマナリアにトーナが意見を求めると、

「好ましくないかと」

即答された。

「りゅーのすけとりゅーこは？」

二匹揃《そろ》って、ルンに向かって吼《ほ》えてくる。肩に乗っていたカイリが馬車へ飛び降りてくると、ルンのもとまで駆け寄ってきて、懐《ふところ》から取り出した魔法石を足に投げつけた。

「完全アウェーだ……」

まるで示し合わせていたかのような四面楚歌《しめんそか》に、ルンは弱弱しく呻《うめ》いた。

「ほら！　ルンさん、もうセリアルに心配かけちゃダメだよ。ガレットまだ食べてないんだし」

そういえば、日頃の感謝を込めてガレットを作ってくれると言っていた。今になってそれを思い出して、

「セリアルちゃんのガレット、楽しみにしてるから。だから機嫌直してよ」

何とかこの場を収めようと、セリアルにそんな言葉をかける。

「まぁルンさんも反省してることだし、今日はこの辺で許してあげなよ」

トーナがそう言うと、カイリが正座するセリアルの膝をトントンと宥《なだ》めるように叩《たた》く。目を腫らしたセリアルも小さく頷《うなず》いて、

「じゃあ、クラウさん達のお葬式が終わった後に作ってあげます」

何とか許しをもらえて、ルンはホッとした。

第六章　悲しさも貧しさもぶっ飛ばす！

1

スーツが一着しかないのは何かと不便だ。水洗いができるものだったのが幸いだったものの、それもまだ気温が高くない今の時期に限るだろう。夏を迎えるまでにどこかで仕事着を仕立ててもらわなければと、ルンは地主から借りているお下がりの姿見を前に思った。

「ルンさん準備できた？」

階段を降りてくるトーナが声をかけてくる。いつものように肩にはカーバンクルのカイリを乗せて、服装も見慣れた臙脂《えんじ》色のブレザー。一緒に降りてきたセリアルは、まだ魔術学院が再開していないものの、よそ行きの服が他にないということで、魔術学院のジャケットをシャツの上に着ている。

「うん、できたよ」

いつも通りのスーツを着て、いつも通りのネクタイを締める。それがクラウ達への別れの場には相応《ふさわ》しいことだろう。

メリディエスから戻って今日でちょうど一〇日が経《た》った。あの街から連れ帰ったクラウ達の亡骸《なきがら》はその日のうちに火葬されて、今日が正式な葬儀の日だ。

遺体は早々に火葬し、それから少しの間を置いてから、葬儀が営まれる。それが帝国における葬送の習わしだ。生前世界の日本のそれとは随分と勝手が違っていて、喪服はなく、会場では食事と酒が振る舞われ、参列者は故人の思い出話に花を咲かせ、賑《にぎ》やかに送り出す。人間の理想的な生き方の集大成として、家族や友人達に思いを馳《は》せられながら、この世に未練を残すことなく旅立つという、教書の一節を表したものだ。

「おはようございます。皆さんもうお着きですよ。二階へどうぞ」

会場である自衛団《じえいだん》の事務所に着くと、玄関先で受付嬢が出迎えてくれた。クラウ達の葬儀は自衛団《じえいだん》が営む合同葬という形式で、受付嬢も運営に参加してくれている。

「あ〜、遅くなったか。ルンさんが寝坊するからだよ」

「トーナちゃんだってそんなに早起きじゃなかったでしょ」

言い合いながら手続きを済ませて、事務所に入る。いつもは自衛団《じえいだん》の面々が屯《たむろ》する事務所内には、東の街や外円の住人も集まって、いつも以上の活気を見せている。

「オルガンティノさん」

ルンは早速見知った顔を見つけて、声をかけた。二等団員のオルガンティノ一家だ。

「おぉ、来たか。こんな大人数に見送ってもらえて、あいつら幸せもんじゃわい」

「全くですよ」

ルンは相槌《あいづち》を打って、

「先日はありがとうございました。西の街を守ってくれた上に伝令まで行ってくれて……」

「いや、どうということもない。偉そうな将軍の吠《ほ》え面《づら》も見れたしな！」

思い出して愉快そうに笑うオルガンティノに、息子二人も続く。

「親父《おやじ》に税金泥棒呼ばわりされて、将軍のやつカンカンになってさ。そこでエルフの耳を投げつけてやったら、ビビッて腰抜かしてやんの！」

「良《い》い気味だったぜ。ルン達にも見せてやりたかったなぁ」

メリディエスから帰還したその日のうちに、オルガンティノ一家には帝都へ避難する貴族達を追ってもらった。エルフを討伐したことの報告と、メリディエスに残された大量の死体を一刻も早く弔ってほしいと、軍の連中に伝えるためだ。

ジャベリンで木端《こっぱ》微塵《みじん》に爆殺したエルフの肉片と剣を手土産に、役目を果たしてくれた一家は、貴族達とその護衛という名目で一緒に逃げた帝国軍の兵士を連れて、三日後には帰ってきてくれたのだった。

「あ、トーナ！」

オルガンティノ一家との歓談が一段落したところで、クラウの一人息子のクルスが、トーナのもとへ駆け寄ってきた。見るからにわんぱくそうなラズボアの三人の子供達も一緒だ。

「ねぇトーナ、特別編聞かせてくれるの？」

「うん、もう用意してるよ」

期待に目を輝かせるクルス達に、トーナは得意顔で頷《うなず》く。メリディエスに出発する前の約束を、果たす時が来たらしい。

「ルンさん、この子達はあたしが見てるから、話してきなよ」

ルンの方を振り返ってそう言うと、トーナはスカートポケットから巾着を取り出してルンに渡し、子供達を引き連れて事務所の奥へ向かっていく。保険のことはよく分からないなりの、社長の気遣いだ。

「セリアルちゃんも、友達と話しといで」

残ったセリアルに促す。事務所には東の街から魔術学院に通っている生徒達が、セリアルと同じようにジャケットを着て談笑している。

「何かお手伝いすることはありませんか？」

「大丈夫。気にしないで」

何か役に立ちたいと思ってくれての申し出にそう答えると、セリアルもそれに頷《うなず》いて、

「じゃあ、行ってきます」

そう言って学友達のもとへ向かっていった。

「よし……」

深呼吸を一つして、ルンは歩き出す。

事務所の二階にある大部屋に向かうと、そこには期待通りの面々が集まっていた。

クラウの妻のクレアに、ラズボアの妻のマルタ。ハンナの夫のジョシュアに、クロードの妹のメリダ。二人一組で長机に座り、さらに一番奥の机にはクロアとマナリアが並んで座っている。

「お待たせしてすみません」

開口一番の謝罪とともに、登壇する。

「どうかしたの、ルンさん？　クロアさんまで呼んで……」

クレアが戸惑い気味に訊《き》いた。事務所に来てから参列者への挨拶もそこそこに、受付嬢に案内されてこの部屋に通されたのだ。それも用向きは聞かされていない上に、面識がない悪評だらけのゴブリンまで同席しているのだから、この態度も無理はない。

他の三人も一様に、似たような様子だ。これから何が始まるのか、戦々恐々としてすらいる。いつも通りなのは事前に話を通しておいたクロアとマナリアの二人だけだ。

「先日もお伝えしましたが、今回の件、お悔やみを申し上げます」

小さく頭を下げて、ルンが切り出す。

「クラウ達は、この街の誇りで、そして個人的にも恩人でした。今の自分達があるのは、彼らのおかげです」

「止《よ》しておくれよ、ルンさん。今日はそんなしんみりする場じゃないんだから！」

マルタがそう言って気丈に笑うと、ジョシュアもそれに続く。

「今日は彼らを盛大に送り出してあげる日ですから、ルンさんも協力してください」

「それは、もちろん。自衛団《じえいだん》の葬式にも慣れましたし」

トーナの付き添いとして入団したとはいえ、正規の団員だ。これまで依頼中に殉職した団員の葬儀には全て参列してきたし、そこでどんな風に振る舞うべきかは心得ている。

とはいえ、今日はルンにとっても、特別な事情がある。

それを示すように、ルンは壇上から降りて、クレア達が座る長机の前に向かった。そしてトーナから借りた巾着に手を入れ、革製のカバンを取り出し、彼女達の前に一つずつ置いていく。

「あの、ルンさん……？」

カバンの正体が分からず当惑するクレア。ルンは端の席に座るメリダの前にカバンを置くと、そこでようやくその中身を明かした。

「クラウ達が加入していた死亡保険の保険金、五〇〇〇万バルクです。受け取ってください」

「あ……」

メリダが呆気《あっけ》に取《と》られたような声を漏らして、それにジョシュア達も続く。

「そういえば、そんなの入ってたな……」

「いやでも、うちは二ヶ月分しか払ってないよ？　それなのにそんな大金もらうのも……」

「そうだよ、ルンさん。気持ちだけで十分だから」

マルタとクレアは、困り顔で言った。良くも悪くも、欲のない人達。そこへ背後から、彼女達の背中を押すように、クロアが口を開いた。

「保険というのは、初めて保険料を支払ったその日から、保険金の支払義務が生じるそうだ」

ようやく口を開いた金貸しのゴブリンに、一同が注目する。

「たとえ君達が数万しか払っていなかったとしても、支払事由に該当すれば、保険金は満額支払う。そういう約束だ」

「えぇ、クロアさんのおっしゃる通りです」

ルンは頷《うなず》いて答える。

「死亡保険は自殺以外の死亡に対する保障です。クラウ達はエルフと戦っての殉職なので、保険金を支払います。それが彼らとの約束です。だから受け取ってください。それは彼らが皆さんに遺《のこ》した、大切な財産です」

四人は互いに顔を見合わせ、やがてジョシュアがカバンの錠を外して開けた。詰め込んだ札束は、一〇〇枚で一束、それが五〇入っている。これほどのまとまった大金を目にすることができるのは、西の街の金持ちだけだろう。

「あの人が遺《のこ》してくれた財産、か」

感傷的に呟《つぶや》いたマルタが、目元を拭う。

「正直言って、保険に入った時はあの人が死ぬなんて思わなかったからね。何か、変な気分だよ」

笑みを取り繕いながらのマルタにつられて、他の三人も嗚咽《おえつ》を漏らす。彼らは自衛団《じえいだん》の、それも一等団員の家族だ。思いがけない死別の時が訪れることをずっと覚悟してきたし、だからこそ火葬の時にも気丈に振る舞っていたのだ。

崩れかかっている彼女達にすべきことが何であるか、保険金支払いの手続きを経験していないルンには正解が分からなかった。それでも、自分がどうしたいのかだけは、はっきりと分かった。

「保険を提案したあの日、私は皆さんに約束しました。保険を通じて寄り添い、生涯に亘《わた》って支えていく、と。だから、このお金で私達の関係が終わることはありません。これからも異世《いせ》界生命保険相互会社《かいせいめいほけんそうごがいしゃ》は、皆さんに寄り添い、支えていきます。それがクラウ達との約束です」

努めて落ち着いた声で、それでいて力強くルンが告げると、潤んだ目を拭ったクレアが小さく頷《うなず》いた。

「ありがとう、ルンさん。ほんとに、ありがとう」

笑みを湛《たた》えたクレアに、マルタ達も続いた。

「ありがとね、ルンさん」

「本当にありがとう」

「ありがとうございます」

帝国生命の人間として営業に携わっていた時にかけられることのなかった、感謝の言葉。ずっと心の奥底で求めていたそれを受け止めて、ルンは息を呑み、そして堪《たま》らず俯《うつむ》く。

「保険があるのは、クロアさんのおかげです。どうか、クロアさんにも……」

そこから先は言葉が出なかった。これ以上出すと、声にならないような気がした。そんな状況を察してくれたのか、下を向いたルンの耳に、クレア達の声がまた続いた。

「クロアさんも、ありがとうございます」

「何か誤解してたかね。クロアさんって、良《い》い人なんだね」

「ありがとうございます、クロアさん」

「ありがとうございます」

また同じように、しかし思いのこもった感謝の言葉が続く。ようやく落ち着いたルンが顔を上げると、奥の席に座るクロアは鳩が豆鉄砲を食ったような顔で、黄緑の肌を微《かす》かに紅潮させて固まっていた。

2

「——結局のところ、私がここに来る必要はなかったんじゃないのかね？　金は明日君が持ってきてくれるというのだから、私は何のために呼ばれたんだ？」

クレア達から少し遅れて、大部屋を一緒に出たクロアが、そんな不満を漏らした。ルンは廊下を一緒に歩きながら、そんな愚痴に応じる。

「クロアさんが英雄になる第一歩ですよ。実際、みんなクロアさんに感謝してたし」

生命保険に融資する理由は何かと問われた時の答えを引き合いに出して応じると、

「保険金の支払いの度に呼び出されては困るな。今後は君一人でやってくれ」

ぼやきつつ、クロアは静かに笑みを見せてそう言った。

「それでクロアさん、銀行の件なんですけど……」

階段を降りたところで、ルンが言いかけた。

報告会のついでに提案した、銀行という業態。あの時点でクロアは前向きに考えてくれていて、クレア達の保険金を預かるための口座を開設することにも同意してくれたが、肝心の事務所がなければ預かってもらっても何かと不便だ。そんな懸念《けねん》を先読みしていたかのように、クロアは答えた。

「銀行の事務所は、君の会社と兼用させてもらいたい。あいにく私の手足となれる者が君以外にいないからな」

「うちは事務所とかないんですけど……」

「それなら作れば良いじゃないか」

当たり前のことのように言って続ける。

「東の街にある私の物件を一つ、貸してやる。例のギンコウとやらと君の会社の事務所をそこに構えれば良い。間借りしている間、賃料は取らないでおいてやる」

「え、良《い》いんですか?」

破格の好条件に、思わず声が上擦ってしまう。

「明日にでも物件をいくつか紹介しよう。事務所を君の会社に間借りさせる以上、金は私が持つ必要もないだろうし、君のところで預かってくれ」

クロアはそう言うと、裏口の方へ向き直る。

「では、私は先に帰らせてもらう。彼らについて語らう思い出もないのでね」

葬式にその物言いは如何《いかが》なものかとも思うが、無理に引き留めるのもおかしな話だ。裏口から出ていくのも、参列者や事務所側に余計な気を遣わせないためだろう。クロアという人物は、その辺りの機微に敏《さと》い。

「これからも期待しているよ」

そう言い残して、クロアは裏口へ向かう。マナリアもルンに一礼し、その後に続く。

「ありがとうございました、クロアさん」

腰を折って、深々と頭を下げる。

やがて裏口からクロア達が出ていって、静かになると、食堂の方からドッと歓声が沸いた。

何事かと向かってみると、参列者達の注目は一ヶ所に集まっていた。通路からすぐの位置で注目を浴びているのは、やはりというべきか、トーナだった。

「そしてルンさんがエルフをボッコボコにして、あたしに合図したの。だからあたしは引き金を引いたわけ。『貴様の続編はなしだ！』。バシューン！　ドカーン！　エルフは木端微塵《こっぱみじん》に吹き飛びました！」

ご丁寧にミサイルの装塡されていないジャベリンを担《かつ》ぎ、大仰な身振り手振りでメリディエスの激戦を演じるトーナ。これがクルスに聞かせてあげると約束していた特別編である。子供達は大笑いし、他の大人達はトーナの大活躍に歓声を上げ、クレアやマルタ達もそんな雰囲気を心から楽しんでいるようだった。

「あ、ルンさん！」

と、ルンに気づいたトーナが声をかけてきた。

「ルンさんもこっち来て！　さっきのシーン、もう一回やるから！」

「えぇ……」

「ほら早く！」

駆け寄ってきて、手を引かれる。さすがにこの年齢でトーナと同じノリで演劇はできない。とはいえ、どうせ社長命令だ。拒否権はないのだろう。

ルンは覚悟を決めて、参列者の前に引きずり出された。

3

葬式は夕方までの予定だったが、結局夜まで続いた。参列者も出入りこそあれど終始盛り上がりが冷めることはなく、クラウ達の人望を改めて実感させられた。

「ルンさんお風呂《ふろ》空いたよ～」

日付が変わった頃、ネグリジェに着替えたトーナが浴室から戻ってきた。リビングでりゅーのすけとりゅーこを足下に寝かせて、テーブルの上でリンゴをかじるカイリをぼんやりと眺めていたルンは、トーナの声に少し遅れて反応した。

「あ、うん。もう少ししたら行くから」

今から行っても四五度の熱湯《あつゆ》が待っているだけだ。少し湯を冷ましてから行くのは、いつものことだ。

「セリアルは？」

隣に座ってりゅーのすけの頭を撫《な》でつつ、トーナが訊《き》いた。

「もう寝たよ。風呂上《ふろあ》がりの時でも眠そうだったし」

「まぁ今日は色々大変だったもんね～」

そう言いつつ、楽しげに笑うトーナ。結局、特別編を六回も演じ、そのうち五回につき合わされて、ルンも疲労困憊《ひろうこんぱい》なのだが、トーナの方はまだ元気そうだ。

「クレアさん達、何て言ってた？」

保険金を渡した時のことを訊《き》かれて、ルンは思い返しつつ答える。

「ありがとう、だって」

「おっ、ついに言ってもらえたね！」

いつか話した昔のことを、覚えていたらしい。

「じゃあ異世界生命《いせかいせいめい》はルンさんの理想通りの会社になってるってことだよ」

「そうなの？」

「うん。だって感謝してもらえたんだし！」

それはそうかもしれない。納得したルンをよそに、トーナは駆け寄ってきたカイリに手を伸ばして、肩の上へ駆け登らせる。

「……そういえば、俺が死んだ理由って話したっけ？」

不意に口を突いて出た問いかけ。妙なことを訊《き》いてしまったと思ったが、自覚するのとほぼ同時に、トーナが反応した。

「自殺ってことしか聞いてないと思うけど？」

こんな話をしても良いものか。切り出した側なのに悩んでいると、

「何で死んだの？」

トーナの方から、そう訊《き》いてくれた。

「あたしは話したのに、ルンさんだけ話してないのはズルいよ。教えて？」

気遣いに申し訳なさを覚えつつ、ルンは深呼吸をして答える。

「電車に飛び込んだんだ」

「轢《ひ》かれたの？」

「轢《ひ》かれたっていうか、頭ぶつけた。あれ電車止まっちゃっただろうなぁ」

生前自分も困らされただけに、自分が迷惑をかける側になってしまったことに、今さらながら罪悪感を覚えてしまう。

「前は勢いで自殺したって言ったけど、ほんとは違うんだ」

懺悔《ざんげ》でもするかのように、ルンは続ける。

「出向先の会社で、ＡＩの開発をやってたんだけど、それが本社の役員に勝手に仕様変えられちゃって……俺が作りたかったものと、まるで別物になってた」

「そんなことあるの？」

「うちの会社の役員、独裁者みたいなのが多いからね。上の人に邪魔されて上手《うま》くいかないなんて、社会人あるあるなんだけど、それが特に多いんだ」

「理不尽だなぁ。あたしならブチ切れ待ったなしだよ」

そう言って前方にパンチを繰り出すトーナに、ルンは笑ってしまう。子供故の純粋さが、羨ましく思えた。

「自分がやりたいことなんてどうやったってできないんだって思ったら、この先何十年も働き続けるのが嫌になった。それで、死のうと思っちゃったんだ」

人のためにならないものを売って、出向した先では人のためになるはずだったものを作り変えられ。自分を騙《だま》して、騙《だま》されて。そうして得ていく信頼と実績が、ひどく汚《けが》らわしく思えて、そんなものをこれからも積み上げていくのが、気持ち悪くて仕方なかった。

もう、騙《だま》すのも、騙《だま》されるのも、嫌だった。こんな世界で生きていって、利用されて、そうして自分を欺いて何十年も生きていくのが、想像できなかった。

だから、日笠月《ひがさるん》は死んだ。

「こういう言い方は変だけど、あたしはルンさんとこの世界で会えて良かったと思ってるよ」

懺悔《ざんげ》するかのように下を向くルンに、トーナは穏やかな語調でそう言った。

「この世界に来た時はさ、何となくかっこいいから自衛団《じえいだん》に入ろうと思ってたし、ルンさんの誘いに乗ったのも、ＪＫ社長になれると思ったからなんだよね」

そういえば、そんなことを言っていたと、ルンは思い出した。

「でも今はルンさんが保険でやりたかったことが、ちょっとだけ分かったんだよね。クラウさん達が遺《のこ》したものを、クラウさん達の代わりに守っていく。家族とか、夢とか……それってきっと、自衛団《じえいだん》で戦うだけじゃできないことだからさ、それを教えてくれたルンさんには、結構本気で感謝してるよ？」

「トーナちゃん……」

「この世界の人全員を保険で救う。それがあたしの今の夢！　世界中の悲しさも貧しさもぶっ飛ばしてやるの。それが叶《かな》うまで、死なないでよ？」

途方もなく壮大で、子供染《じ》みた野心だ。だが夢というからには、そのくらい突飛で頭抜けた方が面白そうだ。

「死なないように善処します、社長」

「うむ。頼んだ、部長！」

「俺部長だっけ？」

「今決めた！」

「唐突だなぁ」

「良《い》いんだよ、あたしは社長なんだから！」

得意満面で腕を組むトーナに、ルンは笑った。

エピローグ

「――先週の成約数は、クレアさんが六件、マルタさんが五件でした。それから、ジョシュアさんの代理店から三件、保険契約をいただいています。ですので、先週実績は合計一四件、保険料収入の総額は二八万バルクになります」

週明け初日の朝礼の席で、クロードの妹であるメリダが落ち着いた声で資料を読み上げると、トーナが得意顔でうんうんと頷《うなず》いた。

「もうこんなに売れるようになるなんて、やっぱりみんなすごいなぁ！」

「いやほんと、俺がいた支店でもこんな器用な人いなかったよ」

トーナと並んで立つルンが賛辞を贈ると、クレアとマルタの二人は嬉《うれ》しそうに笑った。

「保険の仕組みとかを覚えるのは大変だったけどね。トーナちゃんが作ってくれたカンペのおかげで、何とか売れてるよ」

「それに、あたしらは保険に助けてもらった当事者だからね。説得力が違うよ」

クラウ達の葬儀からまもなく、彼女達を保険外交員として雇用し、保険を売るのを手伝ってもらおうと提案したのは、トーナだった。

保険に加入し、そして実際に受け取った経験を持つ彼女達なら、きっと戦力になってくれる。そんなトーナの見立てに、ルンが異論を唱えることはなかった。

クラウとラズボアの夫人であるクレアとマルタが保険営業を担当し、クロードの妹のメリダが事務手続き全般を担《にな》う。ハンナの夫で雑貨屋を営むジョシュアには、保険の代理店になってもらい、成約の度に報酬を渡すようにしている。

かくしてクロアから課された営業人員の強化という課題を解消した異世界生命保険相互会社《いせかいせいめいほけんそうごがいしゃ》の営業成績は、ルン一人で売り込んでいた前月を凌《しの》ぐ勢いで成約数を増やしていた。

「ちなみにルンさんの営業成績ってどんな感じなの？」

マルタが興味本位で訊《たず》ねると、メリダは手にしている資料をめくって、それに答えた。

「先週実績ですと二〇八件ですね」

「桁が全然違うじゃないか。すごいねルンさん！」

「まぁ場所借りて説明会を開いてますから、一気に契約が増えるんですよ」

驚きの声を上げるマルタに、ルンはそんな風に謙遜する。そこへメリダが、

「今日の説明会は一〇〇人ほど出席されるみたいですから、もっと増えますね」

「ルンさん勢い来てるね～！」

冷やかすトーナに咳払《せきばら》いで誤魔化して、最後にルンが適当な言葉で締めくくり、朝礼が終わると、仕事が始まる。

クレアとマルタは外出して、西の街へ向かう。東の街の中心部に立つこの事務所からだと、西の街にも近いから、外回りもしやすい。

メリディエスの戦いは思いがけない利益を会社にもたらしてくれた。東の街とは関わりを持とうとしなかった西の街の富裕層が、保険に興味を持ってくれたのだ。エルフ討伐もさることながら、彼らが不在の間、自衛団《じえいだん》とともに西の街を守ったことが好印象だったらしい。今では門前払いもされず、ほぼ自由に出入りすることができるようになったし、あの日掛け捨て保険に加入した世帯は、熱心に話を聞いてくれている。もうすぐ契約も取れることだろう。

一階の大広間を会場とした説明会は、開始時間前からほぼ満員。ざわざわと話す東の街の参加者達を、バックヤードから覗《のぞ》いたトーナはテンションを高めていた。

「ほんと毎日盛況だよねぇ」

「ありがたい限りだよ」

「でも、これじゃ自衛団《じえいだん》よりお金になっちゃうよ」

肩をすくめたトーナに、ルンは苦笑しつつ、

「拗《す》ねないでよ。明日はついていくから」

ここ最近は保険の説明会を入れ過ぎて、トーナに自衛団《じえいだん》の活動をさせてあげられていない。会社が上手《うま》くいきつつも、自衛団《じえいだん》としての活動ができずにいるモヤモヤを、ルンも察していた。

「セリアルちゃんも、明日は学校休みでしょ？　ちょうど良《い》いよ」

「うん。まぁ、セリアルがいないとルンさんが死にかけた時に困るから、しょうがないよね」

トーナが冷やかすように笑って言った。実際に死にかけてセリアルに助けてもらっているだけに、ぐうの音も出なかった。

「じゃあ今日も頑張って、売ってきなよ！」

そう言ってトーナが背中を叩《たた》く。送り出されたルンは、バックヤードから会場に飛び出して、足取りを取り繕いつつ、壇上へ向かう。

三〇のテーブルが置かれていた大広間には、保険に興味を持って説明会に訪れた人が一〇〇人。東の街だけでなく、外円からも来ているのが、彼らの身形《みなり》から分かる。

「皆さん、今日はお時間をいただき、ありがとうございます」

姿勢を正したルンは、落ち着いた声を紡《つむ》ぐ。

「私ども異世界《いせ》生命保険相互会社《かいせいめいほけんそうごがいしゃ》は、保険を通じてお客様に寄り添い、生涯に亘《わた》って支えていくことをお約束します」

了

あとがき

ｔｒｅｅとｗｏｏｄって何が違うんだ？

響きだけで決めたペンネームについて疑問に思い調べたところ、ｗｏｏｄは加工されている場合に用いられるとのことで、多くの人達《ひとたち》の助力を得てここまで来られた自分らしくて良いなぁと思い、この名前を引き続き使うことにしました。

本作は、「異世界で生命保険売る話書いたらウケるんじゃね？」という友人の提案がきっかけで始まりました。当時は乗り気ではなかったものの、その友人に唆《そそのか》されて新人賞に挑戦することになった折、どうせやるなら新しいジャンルにも取り組もうと思い、書き上げました。その友人にどこに応募するか相談して勧められた電撃小説大賞に応募し、四次選考まで進み、翌年のリベンジに向けて始動した矢先、本作の編集を担当してくださった田端《たばた》様からお声掛けをいただき、こうして書籍化を果たすことができました。

生命保険を題材にしつつ、その実「終身保険なのに払込満了年の言及がない」とか「給付反対給付均等の原則はどうしたんだ!?」とか「相互会社《そうごがいしや》なのに融資してもらうのは変」とか、ツッコミどころは色々あるのですが、「まぁ異世界ファンタジーだから良《い》いや」と割り切りました。全国の生保募集人や金融業界の皆様には、その辺り寛大に見逃していただけますと幸いです。

ここからはお世話になった方々への謝辞を。

担当編集の田端様には改稿より多くのお時間をいただき、細々とした調整まで丁寧に対応いただき、大変お世話になりました。イラストを担当してくださったｋｏｄａｍａｚｏｎ様には、私の頭の中の想像を遥《はる》かに凌《しの》ぐイラストを作成していただいたおかげで、校正段階でさらに本作を磨き上げることができました。トーナの銃まで事細かに指定して、お手数をおかけしました。お二人には感謝してもしきれません。本当にありがとうございました。

友人の今井《いまい》さんには、電撃小説大賞への挑戦に背中を押してもらうだけでなく、キャリアや営業時代の経験、人当たりの良さをルンのモデルにさせていただきました。書籍化の打診が来たことを話した時、「良かったなぁ」と目を赤くしていたことは多分一生忘れません。今度はゲームを作りましょう。

最後に、本書を手に取ってくださった皆様に感謝を申し上げます。またいつの日か、皆様に物語をお届けできる日が来ることを心より願っております。

グッドウッド

◉グッドウッド著作リスト

「異世界で魔族に襲われても保険金が下りるんですか!?」（電撃文庫）

本書に対するご意見、ご感想をお寄せください。

ファンレターあて先
〒102-8177　東京都千代田区富士見2-13-3
電撃文庫編集部
「グッドウッド先生」係
「kodamazon先生」係

本書は、「電撃ノベコミ+」に掲載された『異世界で魔族に襲われても保険金が下りるんですか!?』を加筆・修正したものです。

電撃文庫

異世界《いせかい》で魔族《まぞく》に襲《おそ》われても保険金《ほけんきん》が下《お》りるんですか!?

グッドウッド

2024年7月10日　初版発行

発行者　山下直久
発行　株式会社KADOKAWA
〒102-8177　東京都千代田区富士見2-13-3
0570-002-301（ナビダイヤル）
装丁者　荻窪裕司（META＋MANIERA）
印刷　株式会社暁印刷
製本　株式会社暁印刷

●お問い合わせ
https://www.kadokawa.co.jp/（「お問い合わせ」へお進みください）
※内容によっては、お答えできない場合があります。
※サポートは日本国内のみとさせていただきます。
※ Japanese text only

※定価はカバーに表示してあります。

ISBN978-4-04-915791-8　C0193　Printed in Japan

電撃文庫　https://dengekibunko.jp/

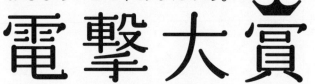